바이오코드 스토리

바이오코드 스토리

발행일   2020년 6월 8일

지은이   화인생유
펴낸이   손형국
펴낸곳   (주)북랩
편집인   선일영   편집   강대건, 최예은, 최승헌, 김경무, 이예지
디자인   이현수, 한수희, 김민하, 김윤주, 허지혜   제작   박기성, 황동현, 구성우, 장홍석
마케팅   김회란, 박진관, 장은별
출판등록   2004. 12. 1(제2012-000051호)
주소   서울특별시 금천구 가산디지털 1로 168, 우림라이온스밸리 B동 B113~114호, C동 B101호
홈페이지   www.book.co.kr
전화번호   (02)2026-5777   팩스   (02)2026-5747

ISBN   979-11-6539-263-5 03810 (종이책)   979-11-6539-264-2 05810 (전자책)

이 도서의 국립중앙도서관 출판예정도서목록(CIP)은 서지정보유통지원시스템 홈페이지(http://seoji.nl.go.kr)와
국가자료공동목록시스템(http://www.nl.go.kr/kolisnet)에서 이용하실 수 있습니다.
(CIP제어번호: CIP2020022869)

화인생유 SF·과학소설

생로병사의 비밀

바이오코드
스토리

북랩 book Lab

"전자 시스템 내의 양자 행동과 인간
마음의 움직임 간에는 기본적인 유사
성이 있다."

- David Bohm

서언

〈생로병사의 비밀〉이라는 KBS TV 프로그램을 시청하면서 세 가지 의문이 생겼다. '사람마다 병이 다르고 수명도 다른데 왜 병원 처방은 사람마다 유사할까.', '양방과 한방이 똑같이 사람의 생로병사를 주제로 성립된 의학이거늘 학문적 접근방식뿐만 아니라 임상도 완전히 분절되어 통합되지 못하는 이유가 무엇일까.' 그리고 '미래 의학은 지금과는 다른 어떤 모습일까.'라는 지극히 평범한 자문이었다.

그러던 어느 날 미국에 있는 초등학교 동창으로부터 생체자기장과 파동 의학에 대한 자료와 함께 작은 선물을 받으면서 파동과 공명 그리고 인체의 항상성에 대하여 관심을 갖고 혼자 공부를 하게 되었고 이 학습 과정에서 만난 귀한 분들의 도움을 받아 바이오코드의 세계를 깨우치게 되었다. 그러한 깨달음을 넓게 나누고 싶어 소설 형식을 빌려 정리한 것이 이 책이다.

이 소설에 등장하는 인물들은 모두 직접 교류했거나 또는 관련 전문지나 학술 자료를 통해 접한 실존 인물들이다. 이분들에 대해서는 책 뒤에 후기로 간략하게 소개하기로 하고 이 작은 책을 위해 자문과 시간을 아끼지 않은 몇 분만 여기에서 감사드리고자 한다.

소설의 주인공 모델로 늘 존경을 드리는 가톨릭대 서울성모병원 가정의학과 교수이시자 대한가정의학회 15대 이사장이신 최환석 박사님, 전일적 치유이론과 에너지의학 세계 입문을 도와주신 경희대학교 한의대 초빙교수이신 강재만 원장님, 인체반응의 오묘함을 터득하게 해주신 한국응용신경반사학회 조경복 박사님, 언제나 도인으로 남아 계신 수행 님, 양자치유 세계에 대해 많은 것을 알게 해준 제이슨(Jason), 팔체질 의학을 지도해 주신 세계8체질자연치유협회 조연호 회장님, 양자치유 이론과 근신경 임상을 지도해 주신 임용수 교수님, 변증법을 깨닫게 해 주신 정침연 이우헌 원장님과 손소맘의 조용익, 이인우, 정원종, 이도영, 김재복, 김수빈, 이민숙, 윤지원 선생님 그리고 양자역학과 창조론을 이해하도록 도와주신 윤해진 박사님에게 깊은 감사를 드린다.

　미래는 파동 의학의 시대라고 한다. 이 책의 내용은 첨단 이론을 배경으로 하고 있기에 독자에 따라서는 어렵게 받아들일 수 있다. 그래서 소설의 형식을 빌려 실존 인물을 형상화하여 쉽게 서술하고자 하였고 주요 내용은 전개에 따라 의도적으로 반복하였다. 전문 작가가 아니어서인지, 더군다나 처음 소설을 써 보니 어색하고 쑥스럽기도 하여 이미 10여 년 전에 써 놓고도 출판을 미루어 오다가 최근 지인의 격려를 받아들여 내놓게 되었으니 많이 부족하더라도 양해를 바란다.

2020년 어느 날
화인생유(和人生有)

목차

"인체의 파동 뭉치인 바이오필드는 몸과 마음에 생명력을 불어넣고 온전하게 합니다. 생명력은 계속 세포를 탄생시키며 스스로 복원력을 갖게 합니다. 이 힘은 신이 우리에게 주신 선물입니다. 그런데 유기체, 무기체, 반기체 형태의 혼돈 물질이 체내에 침입하여 혼돈파인 노이즈를 일으키게 되면 바이오필드는 교란을 받아 제대로 작동이 안 됩니다. 그 결과로 인체 내부에서 세포 간 정보 소통이 잘 전달되지 않거나 왜곡되어 전달됩니다.

정상 세포에서 발진되는 양성파 간에 교신이 단절 또는 두절됨에 따라 바이오코드는 닫힙니다. 따라서 정상적인 생명작용을 못 하게 됩니다. 하지만 인체는 내생적으로 자기 복원력을 갖고 있어 세포를 계속 자라게 하려고 합니다. 그러다 보니 엉뚱하게 혼돈파와 동조 공명하는 비정상적인 세포를 만들어 버리는 것입니다. 이 세포를 암세포라고 부릅니다. 생체정보 소통이 교란되면 그렇게 되는 것입니다."

- 修行

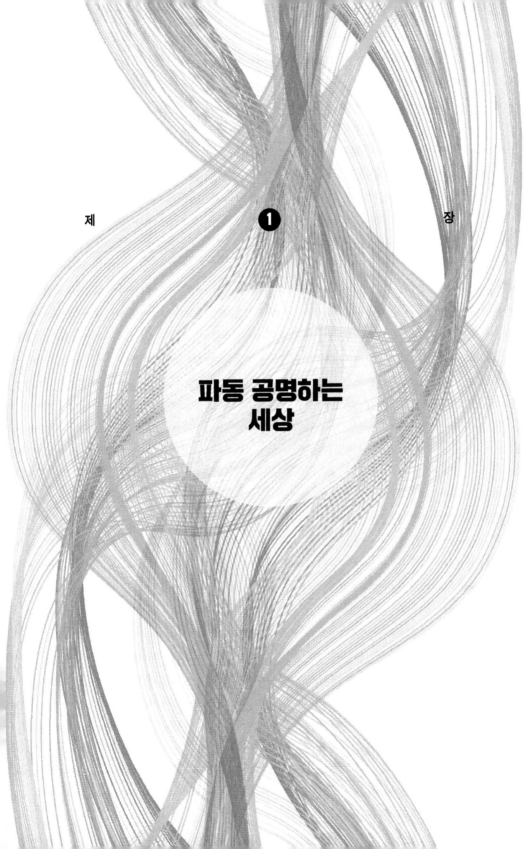

제 ① 장

파동 공명하는
세상

일상생활과 파동 공명

와이프가 학교에서 아이가 다친 것 같다고 갑자기 학교로 전화했다. 선생님도 마침 전화하려고 했단다. 이것을 텔레파시 또는 공명언어라고 한다.

님을 그리워하는 연인은 사랑의 코드가 담긴 파동이 송신된다. 이 파동을 수신하여 공명하는 님이 연인을 찾아온다.

꼭꼭 숨어있는 나에게 친구로부터 전화가 왔다. 내 핸드폰의 고유 번호에 등록된 파동이 친구 핸드폰의 송신 파동과 공명한 것이다. 이것이 현대 모바일 커뮤니케이션 시대의 작동 메커니즘이다.

나는 친구에게 내가 숨어 있는 이유를 고백했다. 나와 같은 파동 주파수를 가진 연인을 만났기 때문이다. 나는 그녀와 늘 공명한다. 나는 행복하다.

싫어하는 여자가 나를 따라다닌다. 그녀의 인체 파동은 나와 잘 공명되지 않는다. 그녀의 주파수와 나의 주파수가 자꾸 부딪힌다. 가까이 있는 것도 싫다. 나하고 아름답게 공명되지 않는 그녀가 싫다.

이러한 생활 속의 파동 공명은 인간의 몸이 수조 개의 공명기로 이루어졌기 때문에 발생하는 현상이다.

| 파동 공명과 현대문명 |

휴대폰으로 전화를 하면 발송 시그널과 지정한 번호의 수신 시그널이 동조 공명을 하여 상호 교신하게 해 준다. 파동 공명은 현대생활의 필수 요소이다. 텔레파시도 동조 공명의 한 현상이다.

나는 『파동의 비밀』이라는 책을 읽고 있었다.

> "정신을 포함한 모든 존재는 고유의 파동 에너지를 가지고 있
> 다. 고유의 파동이라 함은 특정 진동수와 파장을 말할 뿐만 아니
> 라 특정 정보, 즉 코드를 가지고 있다."

'정신을 포함한 모든 존재라?' 그리고 '인체는 공명기?'

책 내용이 조금씩 어려워져 감을 느꼈다. 정신에도 파동이 있다
는 것을 이해하기는 쉽지 않지만, 그럴 수도 있겠다는 생각이 들었
다. 왜냐하면 학창 시절에 류 교수님이 우리에게 용기와 믿음 그리
고 희망을 갖는 사람이 되라고 강의 중간에 자주 인용하였던 『신념
의 기적』이라는 책에 소개된 '사념방사'가 떠올랐기 때문이다. '사념
방사', 즉 희망을 갈구하듯 간절히 바라면 그 생각이 파동으로 방
사되어 세상의 사람과 물질을 움직여 기적과 같은 일이 일어난다
는 뜻이다. 오래전 가르침이 아직 내 기억과 마음에 남아 있음을
다시 느껴 본다.

나는 갑자기 엉뚱한 의문이 떠올랐다.

'주검도 파동이 나올까?'

스스로 답을 찾지 못해 평소 잘 아는 도인을 찾아갔다.

"부모가 돌아가시면 좋은 묏자리를 찾으려고 합니다. 아예 부모가 스스로 좋은 묏자리를 찾기도 합니다. 좋은 묘는 주검 속에서도 녹아 있는 자식에 대한 사랑을 잘 발현시킵니다. 주검과 유전자가 비슷한, 즉 파동의 형태가 비슷한 후손에게 그 사랑의 파동이 전해져 후손과 공명하는 것이지요. 주검이 완전히 땅과 혼일될 때까지 약 3대를 거쳐 파동은 계속 발현되고 공명합니다. 이것을 '발복'이라고 부르기도 하지요. 부모는 죽어서도 자식을 사랑합니다."

아무리 도인이더라도 이 의문을 풀기는 어려우리라 생각했지만, 도인은 도인이었다. 나는 도인의 설명을 들으면서 내 부모님 생각을 하였다. 집에 돌아와 그 책을 마저 읽기 시작했다. 그리고 공명, 즉 '함께 같이 울린다.'라는 뜻을 조금씩 이해하기 시작하였다.

책은 다음과 같이 이어졌다.

"파동은 그 물질이나 의식의 정보 코드를 담은 특수 에너지이다. 진동수가 같거나 그 배수를 가진 파동체 사이에는 공명이 일어나며 이를 통해 에너지와 정보를 교환한다. 이것을 파동 공명 또는 동조 공명이라고 일컫는다. 다만, 파동 공명 중에서도 인간의 교감성과 관련하여 일어나는 공명을 특별히 교감 공명이라고 구체화하여 부르기도 한다. 그리고 파동이 겹쳐지면 큰 파동에 의해 지배를 받는다. 마치 어버이의 사랑이 자식보다 커서 내리사랑이라고 하듯이 말이다."

여기까지 읽으며 나는 세상의 작동 원리가 이해되는 듯했다. 감사와 놀라운 마음이 들었다. 그래서 신에게 기도를 올렸다. 신에 대한 기도와 응답, 그것이 바로 교감 공명이라는 것도 머지않은 시기에 깨닫게 될 줄은 그때는 몰랐다.

파동 치유 시대의 도래

책은 파동 공명의 좋은 사례를 곁들이고 있었다.

"우리는 어릴 적에 배가 아프거나 열이 나면 '할머니 손이 약손'이라는 전통적 치유 경험을 가진 적이 있다. 할머니가 가진 정신적 파동(사랑)이 육체적 파동과 아울러, 할머니의 손을 통하여 나에게 전달되어 나의 환부와 공명하며 작용하는 것이다. 할머니는 나와 유전적으로 뿌리를 같이하기에 파동의 주파수 진동과 파장이 비슷하여 나의 세포와 동조 공명이 잘 일어난다. 할머니의 손은 어느 의료 기기 못지않게 우리를 낫게 하는 훌륭한 파동 치유기인 것이다."

"할머니같이, 기공사가 사람의 몸을 손으로 감지하여 질병 유무를 파악하고 기공으로 사람을 치유하는 것은 파동 치유의 원형이라고 할 수 있다. 가장 원시적으로 여겨지는 파동 치유가 앞으로 도래할 양자의학의 핵심이 될 것이다."

여기까지 읽다가 잠이 들었다.

꿈을 꾸었다. 꿈속에서 나는 무척 쇠약해져 있었다. 술을 너무 많이 마셨나 보다. 독일에서 만든 파동 진단기로 체크해 보니 내 간의 일부에서 나오는 파동이 변형되었다. 파동 보정기로 파동을 정상화시킨 후 다시 실컷 술을 마셨다.

그리고 내 심장 세포의 파동력이 약화되어 다른 치료 방법도 특별한 게 없어서 그냥 내 파동 주파수와 동일한 복제 인간의 심장으로 교체했다. 내 몸과 잘 맞고 다른 장기와도 아무런 문제 없이 잘 동조 공명되어 새 심장은 잘 움직였다.

그러다가 오래 사는 것이 지겹다고 생각하며 눈을 떴다. 그리고 다시 책을 읽기 시작하였다.

> "현대 의학은 생물학과 화학, 즉 생화학을 그 과학적 근거로 한다. 파동 의학은 양자의학을 기반으로 한다. 더 구체적으로 표현하면 양자역학과 양자생물학에 기초한다."

호기심이 발동되어 다음 날 관련 자료를 더 찾아보았다. 양자역학은 모든 물질은 입자와 파동이라는 두 개의 속성을 갖고 있다는 가정에서 출발한다. 아인슈타인도 빛이 입자라고 하여 노벨 물리학상을 받았다고 하니 놀랍지 않을 수 없었다.

"양자역학에 의하면 생체도 물질이므로 우리 인간도 입자와 파동으로 구성되어 있다는 것이다. 그러나 생명체의 입자와 파동은 생명이 없는 물질과는 다르다. 그래서 생명체 연구에는 양자역학과 분자생물학이 통합된 양자생물학적 접근이 필요하고 이러한 학문이 미래 생명공학의 핵심으로 대두되고 있는 것이다."

"양자생물학은 사람의 몸이 조직과 기관에 따라 각각 고유한 파동의 원천인 에너지 코드를 가지고 있다고 분석한다. 이 에너지 코드는 염기서열에 따라 달리한다. 따라서 파동 의학에서는 사람 몸 안의 작은 세포와 분자, 전자 그리고 그 이하 단위인 양자 하나하나에도 인체와 관련된 고유의 정보 코드의 생명작용에 기초하고 있다. 그래서 이것을 '바이오코드'라고 한다."

이야기는 동양의학으로 이어져 나갔다.

"동양의학은 인체를 에너지의 순환 체계로 바라보고 있다. 그러한 관점에서 인체가 에너지 파동을 방사하거나 그것으로 인체의 상태를 판단하고 치료하는 것은 이미 동양의학에서 사용하고 있는 기초적 개념이다. 여기서 중요한 것은 생명체를 포함한 모든 물질은 나무, 불, 흙, 금속, 물의 5가지로 각 개체마다 성분비와 에너지 방향이 다르게 구성되어 있다는 점이다. 그래서 같은 질병이라고 하여도 사람마다 체질이 다르기에 처방도 달리하고 있다."

"앞으로 동양의학은 현대 의학과 통합화되어 갈 것이다. 그 매개체는 양자생물학이 될 것이며 그 중심에 인체 정보를 담은 파동 에너지에 존재하는 바이오코드를 풀어내는 과정이 자리를 잡을 것이다. 이 과정은 염기서열의 분석과 아울러 인체 파동의 분석을 기반으로 할 것이다."

여기까지가 내가 읽은 내용이다. 읽으며 학문적인 호기심도 생겼지만, 그렇게 현실적이지도 않고 또 나하고는 아직 거리가 먼 다른 세상 이야기로 여겨졌다.

진공과 미세 에너지

도인을 찾아 나섰다. 에너지를 얻기 위해서다. 도인은 나보고 서서 하늘을 보고 두 손을 넓게 벌려 올린 후 배꼽 아래로 우주의 파동 에너지를 흡입하라고 하였다. 에너지가 들어온 것 같았다. 내 몸과 우주의 파동이 공명하는 것 같은 느낌이 든다. 집에 돌아와 얼른 전기에너지를 측정해 보니 겨우 1mA였다. 그런데도 온몸에서 기가 넘쳐흘러 와이프를 업고 청계산에 올라가 정상에서 뽀했다.

정상에 누워 하늘을 바라보고 두 손을 뻗었다. 그리고 조용히 앉아서 복식 호흡을 하는데 갑자기 힘이 솟는다. 이 힘은 어디에서 오나? '아무리 봐도 비어있는 진공인데…'라고 생각하면서 한 번 더 사랑스러운 와이프와 뽀했다. 두 번 뽀뽀하고 나니 힘이 진공처럼 다 빠졌다.

그러나 나는 살아있고 지금 숨을 쉬고 있다. 다시 힘이 차기 시작한다. 아마도 생명력의 원천인 초양자 에너지가 우주에 있는 것 같다.

다시 도인을 찾아가 물었다.

"우주는 진공 상태인데 이 에너지는 도대체 우주 어디에서 오는 것입니까?"

"우주는 진공이지요. 진공은 비어 있는 상태라 어떠한 물질이나 에너지도 없다고 생각하기 쉽습니다. 하지만 꼭 그렇지는 않습니다…"

"현대 학문을 전공하신 분이라 이상하게 들리실지 모르겠지만, 저는 진공의 물질을 느낍니다. 또 진공이 어떻게 유지될 수 있을까요? 아무런 에너지가 없이 홀로 존재가 가능할까요?"

진공은 완전히 비어 있다고 배웠는데 진공이 진공이 아니라고… 그리고 진공이 어떻게 무슨 힘에 의하여 유지되느냐는 질문은 충격적이었다. 아무 말도 못 하는 나를 보고 도인은 계속 설명하였다.

"진공을 유지하려면 엄청난 에너지가 필요합니다. 우주에는 진공을 유지하는 에너지 바다가 있습니다. 이 바다에서 튀어나온 알갱이가 다시 에너지 바다로 빠지면서 일어난 물결이 파동 에너지로 전환되어 나오는 것입니다."

진공이 진공 상태로 있으려면 그것을 유지해 주는 에너지가 필요하고 이 에너지가 파동의 형태로 나에게 전달된다고 하니 경이로움이 몸을 감싸기 시작하였다.

도인은 말을 이었다.

"이 파동 에너지가 인체와 동조 공명하며 아주 미세한 에너지 마당이 형성됩니다. 미세 에너지는 그 힘이 너무 적어 눈이 땅에 닿는 정도의 힘으로 평가됩니다. 그래서 측정이 거의 불가능한 에너지라고 일반 학자들이 이야기합니다만, 사실은 그 반대지요. 엄청난 힘을 갖고 있습니다. 고전물리학으로 측정이 안 될 뿐이지요."

도인의 말에는 완전히 수긍이 가지는 않았지만, 눈에 보이지 않고 물리적 측정도 안 되는 아주 작은 에너지가 내 몸에서 분명히 크게 작용을 하고 있음은 나도 감각체인지라 그런 느낌이 들어 사실로 받아들여진다.

"우주를 받쳐 주는, 즉 우주의 진공 상태를 유지해 주는 이 에너지는 우주에 무한대로 있습니다. 인간이 이 에너지의 극히 일부라도 물리적 에너지, 예를 들어 열에너지로 전환해서 사용한다면 지구의 에너지 문제는 완전히 해결됩니다."

이 말을 듣고 나는 오래전에 중앙일보에서 읽은 기사 내용이 떠올랐다.

"영국에서 최초로 태양의 1,000억 배 정도 되는 질량을 가진 암흑물질(dark matters)을 우주에서 발견했다. 발견은 처음이라지만, 이것은 물리학자들이 이미 오래전부터 주장해 온 것인데, 이 물질체는 전자기파와 반응을 하지 않아 전파경으로 관찰이 안 되던 것을 암흑물질에서 나오는 고유 파동을 분석하여 존재를 확인하였다. 이 암흑물질은 우주 질량의 90%를 차지한다고 한다."

진공과 우주 에너지

현대물리학에 의하면 세상의 모든 물질의 기본단위는 원자이다. 원자가 모여 분자를 이룬다. 하지만 원자는 핵과 전자로 이루어졌으며 전자는 핵 주변을 공전한다. 태양계를 우주의 한 원자로 보면 태양이 핵이고 행성이 전자인 것이다.

원자를 중심으로 전자가 공전한다는 것은 원자의 내부가 비어있는 공간이라는 것을 알 수 있다. 지구상에서 가장 흔한 원자 중 하나인 수소를 예로 비유하자면 수소 원자의 핵을 야구공 크기로 전환한다면 핵과 전자의 거리는 약 250㎞ 이상 떨어져 있다고 보면 된다. 그만큼 원자 내부는 비어 있는 것이다. 이것은 우주에서 별들 간의 거리만큼 떨어진 것으로 생각하면 된다. 그 비어 있는 공간이 진공이고 이 진공을 유지함은 원자를 유지함을 말하고 원자의 유지는 분자와 세포의 유지를 의미한다.

그러나 그 공간은 비어있는 것처럼 보일 뿐, 사실은 시간과 공간이 만나는 곳으로 미세 에너지에 의하여 정보와 패턴이 존재하는 것으로 알려져 있다. 원자 속에 숨어 있는 미세 에너지는 인류가 한 번도 경험하지 못할 정도로 큰 규모이다. 지구상에서 가장 흔한 수소의 원자 속에 존재하는 잠재적 미세 에너지는 우주의 모든 고전학적 물리 에너지를 합친 것의 수조 배가 될 것으로 추정된다.

무한대로 존재하여 공짜라 하니 좀 많이 받았으면 좋겠다고 하니 도인은 그렇게 하면 중동의 석유 부자들이 다 굶어 죽는다고 웃으면서 말하였다.

나는 그들이 다 죽어도 좋으니 더 받겠다고 떼를 썼다. 이 미세 에너지만 있으면 와이프를 행복하게 해 줄 수 있고 유류비도 줄이고 전기세도 안 낸다고 생각하니 너무 좋을 것 같았다.

도인은 그러려면 두 가지가 필요하다고 했다.

"하나는 기름이나 전기에너지처럼 쉽게 사용이 가능하도록 에너지의 성격을 바꾸는 것이고 또 하나는 바뀐 에너지를 활용할 수 있도록 운반하고 저장하는 일입니다. 하지만, 안타깝게도 아직 인류는 그러한 기술을 갖고 있지 못합니다."

나는 다급하게 물었다.

"어떠한 기술인가요?"

"미세 에너지를 인체가 자연스럽게 사용하듯이 인체와 같은 공명 기능이 가능한 장치가 필요합니다. 우리 인체의 각 세포는 자율공명기와 같아 세포 간 반응뿐만 아니라 외부의 파동에도 반응합니다. 이와 같은 기술적 장치가 필요한데, 현재의 과학 기술 수준으로는 아직 어렵습니다."

이 말에 나는 또 손을 높이 들고 힘을 들여서 조금 더 에너지를 받았다. 세포 하나하나가 파동과 공명하는 생체공명기라고 하니 온몸으로 우주의 파동 에너지를 더 흡입하고자 하였다. 비록 공짜라고 하지만 매번 에너지를 힘을 들여서 받는 것은 약간 번거롭다는 생각도 들었다.

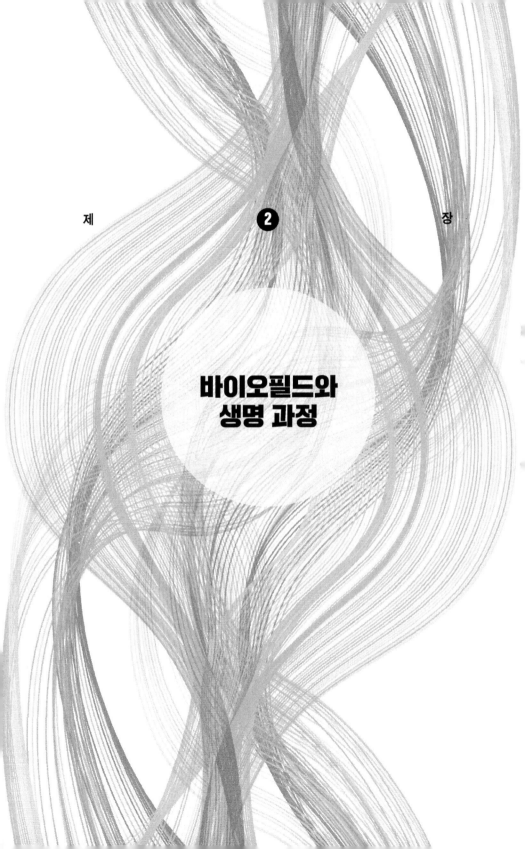

제 **❷** 장

바이오필드와
생명 과정

자기 치유력의 생명 과정

급히 면도하다 베었다. 피가 났다. 몸을 썩게 하는 세균에 걸려 죽는가 하는 생각이 들었다. 죽음을 기다리는데 혈관 세포들이 저절로 닫히면서 피가 멎었다. 피부 세포도 재생하면서 베인 자국이 점차 안 보이기 시작했다. 나는 자연치유력을 가진 모양이다. 다음 날에는 베인 자리를 또 베었다. 다시 자연치유력이 발생해 겨우 살아났다. 그리고 또 베었다. 그리고 또 살아남았다. 그런데 이번에는 가늘게 베인 자리가 표가 난다. 그리고 또 베었다. 그래도 살아남았다. 표가 조금 더 날 뿐이다.

스트레스가 쌓여서 죽을 것 같다. 그런데 조금 쉬면 스트레스는 없어지고 몸과 마음이 편안하다. 그놈의 스트레스는 어디로 간 것일까? 아무런 약도 먹지 않았는데….

감기에 걸려 고생했다. 나는 의사다. 약을 조제해 먹으려다 문득 '약 먹고 5일 지나면 낫겠지. 약 먹고 5일 걸릴 것을 그냥 잘 쉬면 7일 만에 감기는 떨어져 나가는데…. 약 먹고 2일 줄이고 부작용으로 몸을 약간 버릴까 고민되네. 그냥 인체의 자기 치유력에 맡기지, 뭐.'라고 생각했다.

나는 자기 치유력을 갖고 있다. 원래 상태로 복원하려는, 즉 항상성(homeostasis)을 유지하려는 생명력을 갖고 있다. 나는 항상성 시스템을 내재한 생명체이다.

항상성은 내 인체의 에너지 코드를 그대로 유지하려는 속성을 말한다.

나는 역동적이고 다이내믹한 항상성 생물체이다.

인체 반응은 '1+1'이 아니다

집 앞에서 차를 타려다 갑자기 택시가 달려와 나를 쳤다. 나는 앞으로 튕겨 나가면서 죽었다고 생각했다. 그러나 나의 예민한 신경조직이 나의 근육을 조정하여 찰과상 외에는 별 충격이 없었다.

퇴근할 무렵에는 평소 친하게 지내던 직장 동료와 약간 말다툼을 했다. 점심 먹은 게 체했다. 온몸이 굳는다. 퇴근하고 버스를 기다리는데 갑자기 뒤에서 자전거가 나를 쳤다. 나는 충격이 심해 그만 기절해 버렸다. 조그만 자전거에 부딪힌 충격에 기절하다니…. 차에 부딪혀도 멀쩡했는데….

눈을 떠 보니 많이 보던 곳이다. 간호사가 500㎎ 비타민 C 한 알갱이를 주어 물 한 잔과 함께 먹었다. 그러자 온몸에서 생기가 돌아 힘이 넘쳐 병상에서 일어나 옷을 갈아입고 걸어서 가뿐히 집으로 갔다. 한 알갱이의 비타민이 내 몸에서 크게 작용한다.

나의 인체는 충격 100에 100으로 반응하지 않는 이상한 생명체이다. 충격 100에 10,000의 파괴가 나타나기도 하고 어떤 경우는 10의 파괴가 일어나기도 한다. 비타민 같은 좋은 에너지는 극히 미량(500 ㎎)이더라도 내 몸에서는 100배 이상의 에너지로 전환되는 것 같다.

나는 비선형 역동학적 생명체인가 보다.

<비선형은 곱으로 변한다>

X값 (자극)	선형 역동 (Y=2X)		비선형 역동 ($Y=2X^3$)	
	Y(물체)	변동량	Y(생명체)	변동량
0	0		0	
1	2	2	2	2
2	4	2	16	14
3	6	2	54	38
4	8	2	128	74
5	10	2	250	122
10	20	18	2,000	1,998

생체 전기와 바이오필드

TV 프로그램에서 자기 몸에서 전기가 발생한다는 사람을 보았다. 그래서 다른 사람들이랑 부딪치고 만지면 전기가 흘러 사람들이 싫어하는 모습을 보여 주었다. 정전기가 많아서겠지…. 그런데 신기하게도 전기를 흡수하는 사람도 있다고 한다. 그래서 전기 제품을 만지면 전기를 흡수해서 제품을 망친다고 한다. 그런데 이 두 사람이 우연히 만나게 되어 너무 행복하게 살았다는 내용이다.

억지로 재미있게 만든 프로그램이겠지만, 어느 정도 근거도 있다는 생각이 들었다.

사실 우리 세포에 있는 미토콘드리아는 세포 내부가 (-)90mA의 전류를 유지하게 해 주는 생체 전기 발전소 역할을 수행한다. 우리 몸이 전기 덩어리인가?

다음 날 나는 내가 TV에서 본 전기 인간 이야기를 차 한잔하면서 모여 있던 동료 의사에게 해 주었다. 그들 중 한 명이 아마도 그 사람은 세포 내 미토콘드리아가 남보다 훨씬 강하고 크며 또한 한 개씩 더 있을 것 같다며 웃었다. 그러다가 그중 평소 교류가 적었던 신경정신과 의사가 웃다 말고 갑자기 한마디를 하여 나의 주목을 끌었다.

"전기가 그렇게 몸에 많이 있으면 '바이오필드'도 남보다 강할 것 같은데…."

바이오필드? 익숙한 단어 같기도 하고 처음 듣는 단어 같기도 하여 그게 무엇이냐고 물어보았다.

"사람 몸에서는 미토콘드리아의 작용으로 전자기장이 형성되는데 이것이 세포의 각 구성요소에서 나오는 파동에너지와 합쳐져 하나의 장(場, field)을 형성하고 있어. 이것을 의학 용어로 바이오필드(biofield)라고 하고 우리말로는 생체자기장이라고 불러."

바이오필드

미국국립보건원(National Institute of Health, NIH)은 1994년도에 인체의 전자기장을 활용한 치료법을 연구하기 위하여 새로운 의학적 용어인 바이오필드(biofield)를 정의하고 그 개념을 확립하였다.

신경정신과에서는 바이오필드를 이용하여 정신 상태를 진단하기도 하고 정신치료도 한다고 덧붙이며 말을 이어 나갔다.

"바이오필드라는 것은 상당히 재미있어. 그것의 물리학적 전기에너지는 1백만 볼의 1와트에 불과할 정도로 작지만 매우 중요해. 우리 생명을 유지해 주는 힘을 발휘하지. 만일 그 에너지가 0이라면 그것은 이미 주검을 의미하거든…."

매우 작은 에너지이지만 그 에너지가 없으면 죽음이라고 하니 관심이 더욱 생겼다. 조금 더 설명해달라고 재촉하니 그는 말을 이어 나갔다.

"인체 파동은 인체 부위에 따라, 또 사람의 유전자 조합에 따라 그 진동수와 파장이 달라. 그리고 육체와 정신 상태가 변하면 그 파동의 진동수도 달라져. 그 결과 바이오필드의 주파수도 달라지고… 그래서 바이오필드는 인체 정보에 대한 코드, 즉 바이오코드를 갖고 있다고 말하고 있어."

그의 말을 종합하면 바이오필드는 통합적 인체 정보에 대한 코드를 담은 그릇이며 그 코드를 전달하는 인체 구름이라는 것이다. 전기적 에너지는 전구에서 5m 정도 떨어지면 손바닥으로 느낄까 말까 할 정도로 미미하지만, 인체 내에서 생명 과정을 지휘하면서 몸과 마음에 크게 작용한다는 것이다.

"그렇게 작은 에너지를 어떻게 느껴?"

"바이오필드의 에너지는 파동 에너지의 성격을 갖고 있어서 기감이 선천적으로 발달한 사람은 쉽게 느낄 수 있어. 그리고 단전 호흡이나 국선도, 태극권 등 기공의 과정에서 느껴지기도 하고 말이야… 인체는 공명기 기능을 갖고 있거든…."

그는 말없이 호기심 많은 눈으로 그를 쳐다보는 우리를 인식하며 바이오필드에 대한 예를 들기 시작하였다.
"참! 무협 영화를 보면 내공이 강한 무사가 바위 뒤에 숨어 있는 자객을 보지도 않고 살기를 느끼잖아? 자신의 바이오필드에 위협적인 자객의 바이오필드, 즉 살의가 담긴 정보 에너지를 느끼기 때문이야. 기감력이 높은 사람은 어느 누가 몰래 방에 들어오거나 몰래 뒤에 서 있어도 사람이 있는 것을 느낄 수 있지."

옆에 있던 동료 하나가 빈정거리듯이 말한다.

"또 시작이구먼."

이 말을 들으니 이 신경정신과 동료는 평소에도 무협지 이야기 많이 하나 보다 생각했다.

나의 호기심은 여기서 끝나지 않았다.

"마치 기(氣) 이야기를 하는 것 같다."
나는 관심을 갖고 물어보았다.

"그래. 어쩌면 비슷한 것인지도 몰라. 나도 잘 몰라. 하지만 분명 히 눈에 안 보이는 무엇인가가 작동해."

주위 동료와 더 이상 논쟁을 하기 싫은 듯, 이 친구는 여기서 이 야기를 마무리 지었다.

그나마 내가 그의 말에 진지하게 반응을 보였다고 생각했는지 그는 간호사를 통해 "심심할 때 읽어 보게나."라고 적힌 메시지와 함께 책 한 권을 보내왔다.

˚ '기'와 바이오필드

그가 빌려준 책을 읽어 보았다. '바이오필드', '미토콘드리아' 등 의학 용어가 종종 있는 것을 보면 저자는 약간의 의학적 상식이 있는 사람 같아 보였지만, 여러 군데에서 베낀 다음에 대충 짜깁기했는지 두서가 조금은 부족하다는 생각이 들었다.

하지만 흥미를 끄는 부분이 있었다. 바이오필드와 기 그리고 오로라와의 연관성 부분을 다음과 같이 설득력 있게 정리하고 있었다.

> "인체에 형성되는 전자기장을 누구는 '오로라'라고 부르기도 하고 동양에서는 '기(qi, 氣)'라고도 한다. '기'와 '바이오필드'는 동일할 수도 있고 비슷할 수도 있으며 약간 다를 수도 있다… 동양에서 '기'의 개념은 주로 형이상학적으로 발전되어 왔으며 한의학에서는 '기'를 경락과 연관하여 생체 의학적으로 활용하고 있다. 독일, 러시아, 미국 등 서양에서는 우리 몸에서 나오는 파동의 집합체로 보고 주파수 등을 분석하여 '바이오필드'라고 명명하였다."

동양과 서양의 차이는 없다

동양에서는 모든 물질 및 현상을 만들어 내는 근원적 에너지를 '氣'라 하며 기의 변화로 인해 만물이 생성, 변화, 소멸한다고 본다. 한의학에서도 인체의 생명 활동을 담당하는 근원 에너지를 '氣'라 하였고, 물질적 기초를 파동이라 보았다.

동서양이 비록 자연현상을 보는 시각이 전혀 다르지만, 서양의 미시적이고 분석적인 시각으로 보는 물질의 근본과 동양의 거시적이고 통합적이고 우주적 시각으로 파악한 물질의 근본은 결국 기와 파동으로 수렴한다고 볼 수 있다.

양자생물학은 이렇게 정신과 육체가 하나로 만나는 지점을 양자적 의식에너지로 보고 있으며 이 에너지는 전통적 전자기학으로 설명할 수 없는 고차원적 영점에너지(zero point energy)라고 설명한다. 양자 이론으로 노벨상을 받은 아인슈타인도 이러한 점을 직관하여 "영(靈)이 우주 법칙을 주관한다."라고 하였다.

또한, 바이오필드의 성격과 생명작용에서의 기능을 단순하지만 아주 논리적으로 설명하였다.

"바이오필드는 두 가지의 기능이 있다. 하나는 인체의 정보 즉, 바이오코드의 정보를 가지고 있다는 것이다. 다른 하나는 바이오코드가 가진 인체 정보를 세포 간에 교환할 수 있도록 하는 바이오 커뮤니케이팅(bio-communicating, 생체정보통신)이라는 생명 활동의 기능이다."

그리고 이것을 동양의 '기'와 서양의 '오로라'와 연관하여 예를 들어가며 쉽게 설명하고 있었다.

> "이것은 동양의 '기'를 표현하는 말과 상당히 일치한다. '기가 죽었다.', '기가 세다.', '기가 약하다.'는 인체의 상태를 표현한다. '기가 막혀 있다.', '기가 뚫렸다.', '기의 흐름이 원만하다.'는 생체정보 전달 기능의 상태를 의미한다. 표현은 약간 다르지만, '기'와 '바이오필드'는 동서양 모두 인정하는 생체에너지 복합체라고 할 수 있다."

요약하면, 바이오필드 혹은 '기'에 물리적 에너지 이외에 정보 에너지가 파동의 형태로 담겨 있다고 보는 점에서 일치한다고 할 수 있다. '오로라'도 마찬가지이다. 여기서 중요한 것은 '기'든 '바이오필드'든 '오로라'든 의학적으로 보면 모두 살아있는 생물체에만 존재한다는 것이다.

이상이 그 책에서 발췌한 내용이다. 전체적으로 약간의 혼란스럽기는 하지만 어쨌든 '바이오필드'라는 것이 그렇게 멀리 있는 비현실적 개념이 아니라는 것을 충분히 이해하게 해주는 내용이었다. 특히 생명 과정에서 바이오필드의 두 가지 기능인 생체정보 저장과 생체정보통신에 대한 설명은 현대의학을 공부한 의사로서 신선함을 느끼게 하며 도인이 들려준 우주 에너지와 인체 공명기의 관계에 관한 설명을 떠오르게 하였다.

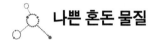

나쁜 혼돈 물질

해가 바뀌면서 과로가 누적되었는지 갑자기 몸이 아파 잘 움직일 수 없어서 여러 가지 검사를 받았지만, 원인을 찾을 수 없었다. 비타민, 식염수, 영양수액을 투입해도 별 차도가 없었다. 혹시 큰 병일지 몰라 다양한 혈액 검사에 CT, MRI 등 현대 과학이 만들어 낸 기계로 진단을 했건만 원인을 찾을 수 없었다. 인간이 이렇게 해서 죽는가 생각하니 좀 억울하다는 생각도 들었다. 갑자기 도인이 생각났다. 어쩌면 그가 도움이 될지 모른다는 생각이 들어 도인을 찾았다.

도인은 내게 누운 뒤 편안한 마음으로 모든 생각을 지우라고 하였다. 그리고 코로 숨을 들이켜 그 숨이 두개골 내에 퍼져나가게 한 후 다시 그 숨을 모아 목의 경추를 따라 척추 그리고 선골을 거쳐 양발의 장다리와 종다리를 지나 발바닥에 부딪힌 후 다시 그 숨을 역으로 올려 입으로 길게 뱉게 하였다.

이러한 호흡법은 내가 아는 복식 호흡인 단전 호흡과는 사뭇 다르다는 생각이 들었다. 그러나 그 생각이 마저 다 들기도 전에 나는 이미 아주 깊은 복식 호흡 상태에서 체험하게 되는 무아로 진입해갔다. '아… 이것이 현대의학에서의 전신마취가 아닐까?'라는 생각이 들었다.

도인은 내 복부가 자연스럽게 상하 일정한 패턴으로 호흡에 따라 움직이고 있음을 확인한 뒤, 두 손바닥으로 내 머리부터 발끝까지 스캐닝하듯이 천천히 몇 차례 왔다 갔다 하였다. 도인은 그의 바이오필드와 내 몸의 파동과 공명을 시도하며 내 몸을 진단하고 있었다. 그리고 악성 인자의 존재를 발견하고 그 근원지를 감각 기관을 활용하여 추적해갔다.

이렇게 진단이 끝난 도인은 내 몸 깊숙한 곳에 악성 인자가 도사리고 있는데 이것이 작동하여 생체 통신을 교란함에 따라 병이 생긴다고 하였다. 악성 인자에 대해 궁금해하자 도인은 설명해 주었다.

"악성 인자는 유기체(有機體)와 무기체(無機體) 그리고 그 중간적 성격의 반기체(半機體)가 존재합니다. 유기체는 기생물인 미세충과 박테리아를 일컫고 무기체는 중금속이나 전자파와 같이 교란을 일으키는 비생명 물질입니다. 반기체는 바이러스와 같이 무생물로 존재하다가 숙주의 세포 속에서 유기화하는 악성물질입니다."

도인께서는 병인(病因)을 이렇게 세 가지로 분류한다고 생각하니 나의 현대의학 지식이 새롭게 재편되는 듯한 느낌이 들었다. 그는 마치 현대의학을 통달한 것처럼 내가 어렵게 배운 의학을 아주 쉽게 풀어나갔다.

"현대의학은 악성 유기물질에 집중하여 예방 의학 및 생화학적 치료 중심으로 발전해 왔습니다. 예를 들어, 악성 유기체를 목표로 항생제와 구충제를 인체에 투여하여 직접 공격을 하여 파괴하거나 활동을 제약하는 방법입니다. 이것은 인체 내에서 생화학 반응을 일으켜 병인을 제어하지만, 연속적 화학반응에 의하여 부작용을 수반하는 단점이 있습니다."

"우리가 주목해야 할 점은 현대생활에서는 무기체로부터 더 많은 질병이 발생한다는 것입니다. 전자파, 방사선, 중금속, 소음, 인간관계 등 각종 스트레스 인자가 병의 무기적 원인입니다. 그리고 종종 반기체의 공격도 받습니다. 반기체가 우리 몸에 들어와 유전체와 결합하여 유기화하기에 적절한 치료제나 예방약을 개발하기가 쉽지 않습니다. 가장 효율적인 반기체 대응은 생체통신 강화를 통한 면역력 증강이지요."

"악성인자는 모두 다 우리 몸의 생체통신을 방해하여 면역력을 약화시킵니다. 악성 인자를 이겨내는 방법은 평소 올바른 섭생과 적절한 운동과 수면을 통하여 면역력을 강화하는 것이 기본입니다. 면역력은 생명 과정에서 우리의 몸을 악성 인자에서 보호하는 기능을 수행합니다. 그 면역력을 포함한 생명 활동은 인체의 생체자기학적 교감통신에 의하여 이루어집니다. 교감통신은 생명 활동을 복원하고 유지하는 자율 기능을 발휘합니다. 이것을 의학계에서는 항상성 메커니즘이라고 부르지요."

그는 이야기를 이어 나갔다.

"모든 물질은 고유 파동이 있습니다. 악성 유기체와 무기체 그리고 반기체는 우리 인체의 고유파동과 역행하는 파동을 발현합니다만 그 에너지가 강하거나 또는 인체의 파동이 약한 경우에는 생체통신을 교란시켜 인체 세포를 변화시켜 버립니다. 그것이 병입니다."

도인의 설명이 이해는 되었으나 지금 내가 이렇게 아픈 경우는 어떠한 경우이고 어떤 치료 방식을 선택해야 하는지 궁금해졌다.

"선생님은 사회적 관계에서 오는 스트레스로 인하여 체내에 악성인자가 발생한 것으로 보입니다. 스트레스는 눈에 보이지는 않지만, 이것 또한 하나의 파동을 갖고 있어서 우리 몸에 파동과 입자로서 침투하여 생체통신을 교란시킵니다. 결국 면역력 작동 기능이 저하되는 것이지요. 이러한 경우는 몸을 쪼개어 그 부분의 인체 파동을 집중적으로 강화하여 그 악성 인자를 빼내어야 하겠지요. 심신이 약한 상태라 혼자의 힘으로는 어려우니 도와드릴게요."

얼른 이해가 가지는 않았으나 도인의 선의와 설명의 논리 체계가 수용되기에 그렇게 해야겠다는 생각이 들어 고개를 끄덕였다.

도인은 마치 현대 생명공학의 핵심인 분자생물학에 통달한 것처럼 내 몸을 세포로, 다시 분자로, 그리고 원자와 전자로, 그리고 양성자와 중성자, 그리고 양자 단계까지 분해하기 시작하였다. 그의 해부학은 내가 아는 칼로 하는 해부학이 아니다. 단지 손바닥을 머리끝에서 발끝까지 몇 번 왔다 갔다 하면서 언어 파동으로 해부하는 것이었다.

"자! 이제 세포를 지나 분자 단위로 들어갑니다. 가만히 눈을 감고 편안한 마음으로 누워 계세요!"

나는 그의 손이 내 몸 위를 왔다 갔다 하는 것을 느낄 수 있었다. 마치 그의 손과 내 몸 사이에서 무엇인가 작용하는 느낌을 진하게 받을 수 있었다.

한참을 반복하더니 도인이 드디어 한마디 하셨다.

"요놈이구먼…"

도인은 내 몸 안에서 무작위로 돌아다니며 세포-분자-원자-전자를 연결하고 있는 고리 주변에서 돌아다니는 입자 같기도 하고 파동 같기도 한 이상한 알갱이 몇 개를 발견한 것이다.

이 알갱이들은 원래 없던 놈들인데 외부에서 들어온 것과 스트레스로 내부에서 발생한 것이 서로 교감하며 생체통신을 교란하고 있다고 한다.

"조금만 기다리세요! 내가 이 못된 알갱이들을 추출하여 체외로 배출시킬 테니까요."

도인은 두 손을 하늘로 뻗은 후에 우주의 에너지를 흠뻑 받아들였다. 그리고 두 손바닥을 나의 가슴 부위에서 3㎝ 정도 위에 올려

놓은 다음에 우주의 에너지를 나에게 전이시키기 시작했다.

내 몸의 깊은 곳에서 파동이 일어나기 시작했다. 그리고 얼마 후 나도 모르게 땀이 나며 시원해지는 느낌이 나기 시작했다.

도인은 웃으면서 말하였다.

"이제 나쁜 놈들을 모두 빼내었습니다."

무엇을 어떻게 빼내었는지 물어보았다.

"빼내었다기보다는 선생님의 생체파동을 강화하여 교란 인자를 체외로 쫓아내었다고 표현하는 게 맞겠네요. 세포 속 깊은 곳, 즉 양자 단위에 있는 생체의 파동력을 높여 여기에 숨어서 교란을 일으키던 악성 스트레스 인자들을 내쫓았습니다. 하지만 이놈들은 계속 들어오고 체내에서 발생할 수 있으니 조심하시기 바랍니다."

나는 놀랍기도 하고 의아하기도 하여 물어보았다.

"악성 인자라고 하셨나요?"

"예. 혼돈파동을 일으키는 알갱이가 세포 속에 전자들과 함께 있었습니다. 마치 겉으로는 일반 분자를 구성하는 전자와 비슷하게 활동하고 있었지요. 이 알갱이가 혼돈파를 방사하여 옆에 있던 다른 전자들의 활동을 교란하고 있었습니다. 이 교란이 아래로는 양자에, 위로는 분자 단위에 영향을 끼친 것이지요. 혼돈파 물질을 조심해야 합니다."

도인은 놀라운 이야기를 계속하였다.

"혼돈파 물질은 외부에서 들어오기도 하지만, 내부에서도 기 흐름이 두절되면 생기기도 합니다. 전자 단위에서 발생한 생체교란이 분자를 거쳐 세포로 나타납니다. 만성질환은 양자 단위까지 영향을 미쳤다고 해석하면 됩니다."

"세포 단위에서 나타나는 교란 현상은 우리 몸의 고유한 정상 세포와 다른 파동으로 작용하는 비정상적 세포 결집체를 만들게 합니다. 이것은 우리의 정상 세포에 기생하며 점점 정상 세포를 비정상 세포로 만들며 영역을 확장해 나가는데, 우리는 그것을 암이라고 부릅니다."

"또한, 조직 단위에서도 외부에서 나쁜 동물생명체가 들어와 우리 몸에 기생하는 것이지요. 특기할 만한 것은 암이나 기생물이나 모두 우리의 고유 세포와는 다른 구조와 파동을 가진 비정상적 동물 세포로서 구성된 살아있는 조직체라는 것입니다. 그래서 이것들이 우리 몸에 기생하며 인체의 고유 파동과 어긋나는 파동 발진체로 작용하며 생체통신을 교란하고 또 림프, 호흡, 소화, 신경계의 순환 통로를 막아 우리 몸의 대사 작용을 방해하여 건강과 생명을 위협하는 것이지요."

도인은 이러한 혼돈파를 발생시키는 물질이 세포를 교란하는 만병의 근원이라고 하였다. 그리고 그 물질을 유기체, 무기체, 반기체로 다시 요약하여 설명을 마쳤다.

나는 의학을 전공했고 의사로서 열심히 환자를 연구해 가며 치료해 왔으며 또한 도인에게서 기 채움 공부도 하였던지라 도인의 설명을 이해할 듯했다. 한마디로 요약하면 원래 내 몸에 없던 오염 물질이 생겼고 이것이 생명작용을 교란하여 나에게 병이 생긴 것이다.

아! 나를 괴롭히던 그놈의 나쁜 알갱이들이 정말 싫다.

그 후에도 혼돈파 알갱이는 계속 끼어들었으나 도인의 말씀에 따라 우주 에너지를 받는 수련을 지속해 나가니 내 몸이 알아서 쫓아내곤 하였다. 또 기생물을 제거해 주니 피부도 좋아지는 것 같고 몸이 참 편해졌다. 그러나 가끔 나의 파동 에너지를 능가하는 큰 놈들이 찾아와 나를 정말 힘들게 하였으나 그때마다 도인께서 도움을 주셨다.

 바이오필드와 동양의학

속이 답답하고 머리가 멍하고 항상 체한 듯 답답해서 도인을 다시 찾아갔다. 물론 도인에게 가기 전에 이 약, 저 약을 다 먹어 보았지만, 별로 효과가 없었기 때문이었다.

도인은 백회혈과 상초혈 어디 어디에 있는 '기'가 막혀 있다고 했다. 이어서 도인은 내가 공부한 해부학책에서도 안 나오는 어려운 한문 용어로 인체 부위를 설명하였다. 인체 부위를 이야기하는 것 같기도 하고… 신경 조직관을 이야기하는 것 같기도 하고… 잘 알아들을 수는 없었지만 물어보지는 않았다.

어쨌든 도인은 그 전처럼 내 몸을 분해하지는 않고 인체 각부를 침으로 찔렀다. 어디를 찌르시냐고 물어보니 미세 에너지 통로(기가 통하는 통로)의 중간 부분이라고 했다.

나는 궁금해서 물어보았다.

"지금 혈관을 말씀하시나요, 아니면 신경관을 자극하신 것인가요?"

도인은 웃으면서 이야기하였다.

"의사 선생이시라 환자의 몸을 보시지요? 몸을 볼 때 양의사는 몸을 보기에 혈관과 신경계를 보게 됩니다. 서양의학은 보이는 것을 중심으로 이루어져 있습니다. 하지만 보이지 않는 것을 보는 것도 중요하지요…"

"우리 인간은 심·신·영 복합체입니다. 사람은 '몸'과 '맘'의 결합체라는 의미입니다. 맘은 생명의 본질이기도 합니다. 그래서 맘이 없는 몸은 시체이지만, 몸 없는 맘은 존재할 수 있습니다. 흔히 몸 없는 맘을 영과 혼이라고 하는 분도 계시지만, 그렇지는 않습니다. 맘은 생각뿐만 아니라 영과 혼을 담고 있는 집처럼 또 하나의 다른 몸이기 때문입니다."

| 인간은 몸과 정신과 영체의 복합체이다 |

인간은 여타 생명체와 마찬가지로 몸과 맘의 복합체이다. 하지만 인간의 맘에는 여타 생명체에는 없는 영체가 정신과 함께 존재한다. 그래서 인체는 먹고 마시고 배설하고 자고 일하고 활동하며, 정신은 생각하고 느끼고 판단하며, 영체는 신을 인지하고 소통, 즉 기도하는 역할을 한다.

나는 무척 의아해졌다. 마음 즉, 정신이 생각과 영혼을 담고 있는 육체와 같은 집이라는 말이 얼른 이해되지 않았다.

나는 도인과 헤어져 돌아오는 길에 평소 존경하는 강 원장을 찾아갔다. 강 원장은 언제나처럼 웃으시고 편안한 모습으로 나를 반갑게 맞아주셨다. 그는 나보다 연배가 높으신 한의사이시다. 태극권장에서 같이 만나 교감을 나누며 나의 동양의학에 대한 편협한 생각을 많이 바꾸게 해 주신 분이다. 그와 사귀다 보니 강 원장은 도인이 가장 아끼는 제자라는 사실도 알게 되었다.

나는 얼른 오늘 도인에게서 침을 맞은 이야기를 하며 '몸'과 '맘'에 대해서 들은 이야기를 강 원장에게 뭔가 갈증 나는 눈초리로 전하였다.

"강 원장님! 도인께서는 '맘'은 영과 혼을 담은 또 하나의 '몸'이라고 하는데, 그렇다면 '맘'의 '몸'은 어디에 있습니까?"

내가 질문하고도 말이 되는 질문인지, 아니면 혀가 돌아가 문법적으로 앞뒤가 안 맞는 질문을 하는 것은 아닌지 은근히 걱정되었다. 내가 해부학과 가정의학을 공부한 전문의가 맞는지 나도 헷갈렸다.

"마음도 또 하나의 몸이고 또 육체라는 물질 덩어리와 함께 붙어 있으니 우리 몸 어딘가에 마음이 실체로 있지 않겠습니까?"

강 원장은 이렇게 이야기하며 나를 쳐다보면서 가볍게 웃으며 매우 당연한 질문을 던졌다.

"해부학 공부해 보셨지요?"

강 원장의 너무나 당연한 질문에 나는 홍당무가 되어 정신이 나갔다 들어왔다 하였다. 그래도 강 원장은 눈치를 챘는지, 채지 못했는지 이야기를 계속해 나갔기에 정말 다행이라는 생각이 들었다.

"마음이 어디에 있는지 정확히 아는 사람은 없습니다. 팔다리, 머리보다는 심장이 위치한 가슴 부위에 있을 것이라고 이야기들 합니다. 그런데 가슴을 해부해 보아도 찾을 수가 없었을 것입니다…."

"동양의학은 해부학이 근본이 아니기에 마음이 어디에 있는지는 해부학적으로 찾지는 못했지만, 존재하는 마음을 다스리는 경락에 대해서는 잘 설명하고 있습니다. 이 경락을 '심포(心包)'라고 하는데, 양손의 가운뎃손가락 끝에서 팔뚝의 안쪽 중심을 통과해 겨드랑이 부분을 지나 심장에 연결된 후 다시 또 하나의 보이지 않는 장기인 '삼초(三焦)'의 상당 부분인 상초와 연결되어 심장 활동을 지원하게 됩니다."

"삼초는 상초, 중초, 하초로 나뉘어 작용하는데, 상초는 위와 같이 심장, 중초는 위 그리고 하초는 방광과 작용하며 음식의 흡수,

소화, 배출을 돕습니다. 그리고 우리 몸의 전면과 후면 중앙을 각각 통과하며 생체정보통신을 관장하는 에너지 라인인 임맥, 독맥과 상호 작용을 하며 다른 경락과 연계되어 순환이 일어납니다."

인체의 기 흐름을 관장하는 임맥과 독맥 그리고 인체의 육장육부의 활동을 관리하는 십이정경(十二正經)의 14개 경락에 에너지가 모이고 흩어져 나가는 361개의 경혈 이름들을 거론하며 설명하는 강 원장을 보며 한의학 용어는 영어로 구성된 서양의학 용어에 비하면 정말 어렵다는 생각이 들었다.

놀라운 사실은 나는 인체 장부를 5장 5부라고 배웠는데, 동양의학에서는 눈에 안 보이는 심포(장)와 삼초(부)를 더하여 6장 6부로 분류하고 있다고 하였다. 그리고 심포와 삼초는 우주의 구성 원소인 목화토금수(木火土金水)의 오행에 따라 에너지가 흐르고 각 장부가 상호 표리관계로 1:1로 상응해 가며 음양(-, +)작용을 하도록 도와주는 기능을 한다고 설명해 주었다.

나는 음양오행(陰陽五行)에 대해서 이미 들은 바가 있기에 어느 정도 이해는 되었으나 정확히 그 원리와 용처를 알 수는 없었다.

어쨌든, 나는 동양의학이 장부를 더 세밀하게 분류하고 또 그 상호작용을 논리적으로 설명하는 것을 상기하며 내가 배운 현대의학보다 더 과학적이라는 생각이 들며 약간 묘한 좌절감이 일어났다. 그 잘난 서양의학은 그렇게 많은 해부를 하여 발전했음에도 불구하고 마음은커녕 눈에 보이지 않는 장부 하나를 못 찾아내다니···. 이런 상념에 잠시 잠겨있을 때 강 원장은 다시 심포의 기능과 관련하여 말을 이어 나갔다.

"심포는 해부학적으로 확인은 안 되지만 문자 그대로 심장을 둘러싸고 있는 장기로 심장을 보호하는 생명 활동과 마음을 다스리는 정신 활동을 관장하는 역할을 수행합니다. 또 삼포와 상응하며 음양을 조절해 주는 중요한 기능을 수행하지요."

심장을 도와주는 것까지는 수용하겠는데, 정신 활동이라···. '그것은 뇌에서 하는 것으로 배웠는데?'라는 의문이 제기되었다. 음양 조절 기능은 또 무엇일까 하는 의문이 들었다. 강 원장은 눈치를 챘는지 웃으면서 이야기를 계속하였다.

"심뽀라는 말을 들어 보셨지요. '심뽀가 좋다.', '심뽀가 틀어졌다.'라는 말을 듣거나 해 보기도 하셨을 것에요. 그 심뽀가 심포입니다. 지혜로운 우리 민족의 언어 속에는 눈에 보이지 않는 장기의 역할을 설명하는 용어가 이미 사용되고 있습니다."

"보통, 마음이 가슴 부분에 있다고 생각을 하는 것은 가슴과 복부에 인체의 주요 기관이 밀집해 있기에 그렇게 말하는 것뿐입니다. 전혀 틀린 말은 아니겠지요. 왜냐하면 음의 심포가 양의 삼초로 음양 작용도 모두 심장 부근에서 일어나니까요. 하지만 이것이 전부는 아닙니다."

"제가 터득한 진실을 밝히자면 마음은 몸 전체에 인체에 비례하여 분산된 일종의 에너지 덩어리로 이해하시면 좋을 것 같습니다. 눈에 보이지 않는 에너지 통합체이기에 일반 해부학적으로는 확인이 안 되는 것이지요. 또, 육체에 혈관과 신경관이 있듯이 마음에도 여러 통로가 있습니다. 선생님의 말씀처럼 마음도 하나의 몸이기 때문입니다."

강 원장은 도인을 선생님이라고 부르고 있었다. 그리고 강 원장은 마음에 대해 계속 설명해 나갔다.

"현대과학에서는 에너지를 물질로 분석하는 만큼 마음도 실질적으로 물질체라고 할 수 있습니다. 언젠가 과학이 더 발전하면 해부학적으로 마음을 밝혀낼 수 있을 겁니다. 기와 경락도 마찬가지이고요."

"마음은 생체자기장과도 관련이 됩니다. 그리고 마음도 생체자기장처럼 온몸에 걸쳐서 있고요. 생체자기장도 가슴과 복부의 중요도와 비중이 높다 보니 마음처럼 가슴 부위에 많이 몰려 있지요. 아! 그리고 서양에서는 생체자기장을 의학적으로 바이오필드라고 부른다고 하지요?"

나도 조금은 아는 체를 해야 체면이 설 것 같아서 신경정신과 의사에게서 들은 바이오필드에 관한 설명과 도인에게서 그동안 이것저것 주워들은 이야기 그리고 동료 신경과 의사가 전해준 책의 내용을 그럴듯하게 엮어서 이야기하니 늘 마음이 넓어 남의 이야기를 잘 경청하는 강 원장이 좋아하며 내게 덕담을 건넸다.

"아! 그래요? 공부를 많이 하시네요. 그래서 저는 님을 좋아합니다."

강 원장의 칭찬에 얼굴이 활활 타오르는 것 같았다. 강 원장은 내 속도 모르고 겸손한 사람이라고 계속 칭찬해 주었다.

나는 오늘 대화 시간이 매우 유익했다고 말하고 강 원장의 집무실을 나왔다.

다음 날 내 집무실에서 신문을 보는 데 우연인지, 기연인지 '서울대, 쥐에서 경락 발견'이라는 기사가 대서특필되어 있었다. 또 얼마 있다가 연세대 교수가 토끼의 몸에서 기가 흐르는 통로관을 촬영하는 데 성공하였다고 해서 세상은 그 놀라움과 발견에 난리가 났다. 더욱더 놀라운 것은 기 통로관에 작은 미립자 알갱이가 있음을 확인했다는 점이다.

의학계가 뒤숭숭할 정도로 높은 파급력을 가진 기사로서 그 성과에 학계와 언론의 칭찬이 며칠 동안이나 계속되었다.

그런데 좀 이상한 게 있었다. 자료를 찾아보니 약 60년 전에 북한의 한 의사가 인체에서 이미 기가 흐르는 관을 발견하여 자기 이름을 따 '봉한관'이라고 작명까지 하여 의학계에 발표까지 해 두었는데, 겨우 쥐와 토끼 갖고 놀라워한다. 그래서 기사를 자세히 읽어보니 이번 발견이 '봉한관'을 증명하는 것이라는 사실을 강조하는 것이어서 그 놀라움을 이해할 수 있었다.

또, 한편으로 생각해 보니 약간 우스운 것이, 평소 도인을 찾아가 막힌 기혈을 뚫고 하던 사람들도 놀라워한다는 것이었다. 강원장에게 침을 맞고 병이 나은 환자들도 다 알았으면서도 놀라워했다.

도인이 보여 준 세포로부터 양자까지 계층별로 연결하는 연결망이 바로 이것인데…. 확실히 보이고, 안 보이고가 중요한가 보다. 누구는 보이지 않는 진공 속의 에너지와 보이지 않는 신과 사후세계를 믿는데….

봉한관과 산알

1960년대 북한 의학자 김봉한 박사가 인체를 구성하는 순환계는 혈관계와 내분비계 외에도 또 다른 순환계인 '경락'이 존재하며, 관들의 다발 형태로 구성되어 있다고 하였다. 그래서 그의 이름을 따 이 이론을 '봉한학설'이라고 부른다.

경락 안에는 '산알'이라는 작은 알갱이 생명체가 순환한다는 것이다. 김 박사는 자신이 발견한 관다발을 '봉한관'이라고 정의

했다. 인체에서 경락이 존재하고 작용한다는 것을 최초로 과학적으로 규명했다는 점에서 세계 의학계에 충격을 주었을 뿐만 아니라 '산알'에 대한 이론은 기존의 세포학 이론들을 뒤집는 색다른 발상이기도 하다. 산알은 '살아있는 알'이라는 의미다.

봉한학설에 따르면 세포의 생성과 사멸의 과정은 산알이라고 불리는 핵산 미립자가 경락계통 안에서 오가며 세포로 자라고 그 세포가 다시 산알로 변하는 순차적인 반복 속에서 이뤄진다고 한다.

나도 여기에 대해 조금은 더 알아 두어야 남에게 쑥스럽지도 않고 이야기하기도 좋고 할 것 같아서 학문적 호기심을 빙자하여 관련된 서양 논문을 찾아보았다.

체내에 미립자처럼 작용하는 파동으로는 솔리톤이라는 것이 있으며 이 솔리톤이 생체자기장과 작용함을 밝혀낸 논문(Popp, F. Electromagnetic Bio-information. 1988)을 쉽게 찾을 수 있었다. 이 논문에서는 솔리톤 근방에 우호적인 물질을 가까이 두면 그 파동과의 공명으로 경혈의 전도성이 즉각적으로 이동한다는 사실도 확인하고 있었다.

아무튼 고전의학과 양자의학이 정밀하게 재회하는 감격을 간접적으로 또한 지식인의 상상으로 엿본다. 그리고 이 계기를 바탕으로 두 거대 의학이 접목되었으면 좋겠다고 생각했다. 그리고 이러한 공부와 희망은 후에 내게도 큰 변화를 갖다주었다. 이는 뜻이 맞는 의료인들과 함께 전인적 치유(holistic healing)를 지향하는 통합의학을 추구하게 된 직접적 배경으로 작용하였다.

 ## 파동 의학의 전개

나는 파동 에너지를 받으려고 도인을 찾아 먼 길을 힘들게 간다. 그리고 가끔 도인이 지기(地氣)를 잘못 보아 노력한 만큼 에너지를 받지 못하는 경우도 있다. 도인의 말처럼 우주의 에너지를 받아 저장하고 물리적 에너지로 전환하고 운반하여 사용하는 장치가 빨리 개발되었으면 좋겠다.

도인은 이러한 기계가 만들어지면 단순히 치유사의 경험이나 감각에 의존하여 치유하는 원시적인 방법은 사라질 것이라고 하였다. 그리고 명상, 복식호흡 등 자기 치유적 훈련 방법은 보조적으로 사용될 것이라고 했다.

도인에게 물어보았다.

"우주의 에너지를 활용하기까지는 얼마나 걸릴까요?"

나의 질문은 휘발유값도 많이 오르는데, 요즈음 스트레스로 몸이 많이 안 좋은데 하는 생각에서 단순하게 물어본 것이었지만 늘 그렇듯 도인은 진지하게 답변해 주었다.

"알 수 없습니다. 먼저 의식을 바꾸어야 합니다. 전통적인 에너지 관을 뛰어넘는 새로운 개념이 필요하지요. 예를 들어, 정보 에너지에 대한 연구가 필요합니다. 그리고 인체 세포와 같은 공명 장치도 필요하겠고요. 무엇보다도 인간이 소우주이며 우주의 미세 에너지 생성 원리를 이해할 필요가 있겠지요…"

내가 그전에도 유사하게 질문했던 적이 있었고 또 지나치게 형이하학적 민생고 해결 관점의 질문이었다고 생각하니 왠지 쑥스럽기도 했다.

도인의 이야기는 계속되었다.

"아마도 인체와 유사하게 파동을 방사하고 교감 공명하는 장치들이 필요하겠지요. 상당한 과학의 발전이 있어야 할 것입니다. 아니, 생각의 전환이 더 필요한지도 모르지요. 그리고 이러한 발전은 아마도 의학이나 건강 분야에서 먼저 이루어지지 않겠나 생각해 봅니다…"

"파동 의학의 기본적 개념은 인체의 고유 파동을 제 모습 그대로 유지 및 보전하는 것이지요. 그렇게 되면 인체의 고유한 정보를 담고 있는 바이오코드는 계속 보전될 것입니다."

이 말을 들으면서 나는 몇 년 전 TV에서 본 공상과학 영화의 한 장면을 떠올렸다. 다친 환자가 침대 위에 누워 있고 여러 빛을 발생하는 기기가 환자 위를 스캔하고 얻은 정보를 분석하여 다시 이상한 빛과 함께 환자에게 에너지를 투광시키는 장면이다. 이 기기는 환자의 파동을 읽어 손상된 부분을 파악한 후에 에너지 조사 장치에 의하여 손상된 부위의 파동력을 제 위치와 형상으로 복원하여 치유하는 장치로 이해되었다.

하기야, 이미 MRA 촬영 장비를 이용한 진단기는 널리 보급되어 있다. 그리고 나에게 가끔 찾아와 고가의 의료 장비를 팔고자 하는 사람들이 파동을 이용한 진단 및 치유하는 동조 공명 장비 이야기를 하는 것을 보면 머지않은 시기에 파동 치유의 길이 열릴 것으로 여겨진다.

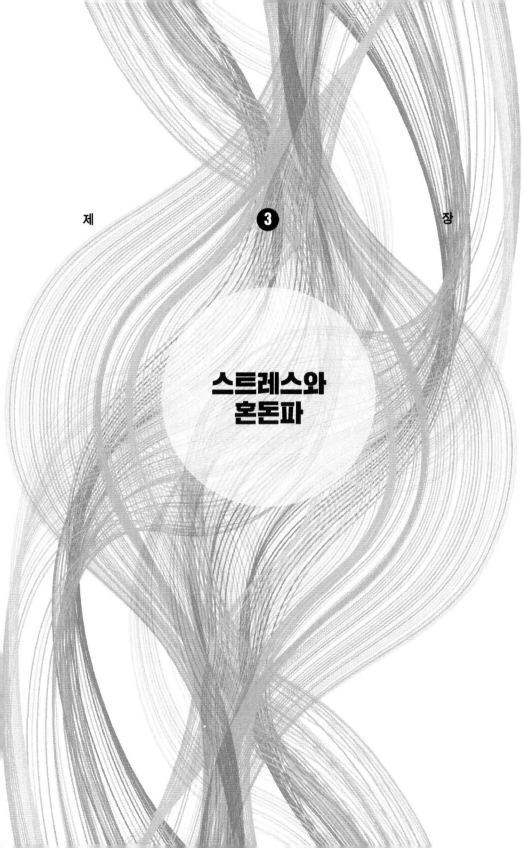

제 **③** 장

스트레스와
혼돈파

암에 걸리다

한동안 환자 보랴, 박사학위 논문 지도하랴, 크고 작은 집안일에 신경 쓰랴 바쁘게 지내다 보니 나도 모르게 피로가 많이 누적되는 것 같았다. 평소 건강관리를 위해 하던 태극권도 중단한 지 거의 반년이나 되었다. 도인에게 찾아갈 시간도 없이 뭔가 쫓기듯이 살고 있었다.

오늘은 중요한 환자가 있어서 그랬는지 약간 긴장되어 잠을 설치고 허겁지겁 일어났다. 아침을 먹으려고 식탁으로 가니 내가 싫어하는 부대찌개가 있었다. 입도, 속도 안 좋아서 먹다 말고 출근하려는데, 와이프가 힘들여서 준비한 아침밥을 왜 다 안 먹느냐고 다그쳤다. 말하면 더 속이 안 좋을 것 같아 그냥 나왔다. 차를 몰고 슈베르트를 들으며 출근하는데 빨리 가라고 뒤에서 클랙슨을 울려 깜짝 놀랐다. 갑자기 허둥거려진다. 병원에 도착하였다. 윤 간호사 보고 나도 모르게 괜히 한마디 하였다. 미스 윤은 의아해했다.

오전에 환자를 열심히 진찰하고 병동을 한 바퀴 돌아보니 속도, 마음도 다 풀렸는지 시간에 맞추어 배고픔을 느꼈다. 동료 의사와 점심으로 에너지를 보충하고 진료실로 돌아왔다. 왠지 침울해 보이는 미스 윤을 보고 웃으면서 점심 먹었냐고 물어보니 속이 안 좋아서 걸렀다고 한다. 그녀는 아침에 내가 한마디 한 것이 마음에 걸렸나 보다. 나는 거의 풀렸는데도 말이다. 의학적 용어로 표현하면 나의 항상성 유지 능력은 미스 윤보다 빠르게 작용하는 것 같다.

중요한 환자를 검진하는 시간이 다가올수록 긴장이 더 되기 시작했다. 의학계에 널리 알려지지 않은 특이질병 환자이다. 그의 치료 과정을 정리하여 세계적인 의학 전문지에 기고할 계획이었고 학회나 병원도 은근히 기대를 하고 있었다. 그런 탓에 환자에게는 좀 미안하지만, 성과를 내고 싶어서 과다한 검사를 실시했고 항생제도 좀 많이 투여해 왔다.

드디어 그 환자를 한 달 만에 진단했다. 긴장된다. 개선이 되었으면 좋겠다는 마음으로 환자를 대한다. 막 찍은 MRI 차트와 혈액 검사 결과를 컴퓨터 모니터 화면을 통하여 본다. 이럴 수가…! 더 악화되어 있었다.

서양까지 가서 배운 의술인데, 자괴감이 밀려온다. 첫 대입 시험에서 낙방했던 그때의 느낌이다. 단순 영양제를 처방하고 한 달 뒤에 다시 오라고 했다. 그리고 혼자서 문을 닫고 컴퓨터 앞에 앉아 차트를 보고 또 봤다. 컴퓨터에서 나오는 전자파가 자괴감을 더해준다. 피로감이 몰려온다. 퇴근하려고 나오다 방긋 억지로 웃는 미스 윤에게 또 짜증을 내었다. 미스 윤은 그날 저녁부터 폭식하기 시작하였다.

복도에 남아 있던 환자들이 갑자기 두려워진다. 서둘러 약속 장소로 차를 타고 이동했다. 차가 술에 취했는지, 앞차를 박을 뻔했다. 심장이 뛰고 목덜미가 뻑뻑해지며 식은땀이 난다. 밥 먹기가 싫은데 예의상 억지로 먹었다. 술도 진탕 마셨다. 대리 기사 뒤에서 나도 모르게 중얼거린다.

집에 도착하니 와이프가 아침을 왜 안 먹고 나갔냐고 또 따진다. 신경질이 난다. 그날 밤은 따로 잤다. 그런데 나도, 와이프도 한숨도 못 잤다. 아침에 둘 다 눈이 퉁퉁 부었다. 오늘은 어제와 달리 식탁에 밥도 없었다. 더 짜증이 난다.

병원에 출근하자마자 빨갛고 퉁퉁하게 눈이 분 미스 윤에게 야단을 쳤다. 환자 이름 글자 하나가 '섬'인지 '성'인지 알아보지 못해서였다. 컴퓨터를 켰더니 눈이 더 침침해진다. 엄한 원장님하고 긴장하며 억지로 점심을 먹었다. 갑자기 재진율을 줄이라고 하신다. 가슴이 콩닥콩닥 뛴다. 점심이 역에너지로 변해서 오후에는 환자가 나를 진단했다.

운전이 두려워 버스를 타고 집에 갔다. 술 취한 승객이 버스 안에서 토했다. 나도 윽 하고 올라왔지만 토하다가 말았다. 차라리 토하는 게 나은데 토하지도 못하고… 어제 한 숟가락 들었던 부대찌개가 위산하고 섞여서 쉰 냄새가 목젖에 몰려 숨쉬기가 어려워지는 것 같다.

스트레스가 쌓이니 머리가 뜨거워지고 가슴이 두근거리고 말하기도 싫어지고 남의 말에 톡톡 쏘아대고 한숨이 나오고 가슴이 답답해지며 표정이 굳어지고 사소한 일에도 자리를 박차고 나가버리고 싶고 얼굴도 붉으락푸르락 해지고 혈압도 오르고 잠도 잘 안 오고 정신 집중이 안 되며 머리가 순간적으로 멍해지고 아무런 생각도 안 나고 심장이 벌렁벌렁 뛰며 손발에 땀이 나고 짜증이 나며 불안, 초조해지고 폭식하거나 거식하는 등 식생활이 엉망이 되어 버렸다.

나도 짜증을 내고 와이프도 짜증을 내다보니 그 짜증이 미스 윤에게 전달되고 그런 일련의 과정이 계속되었다. 와이프는 내가 미워서 스트레스로 속이 안 좋다며 내가 제일 싫어하는 의사가 있는 병원에 입원해 버렸다. 와이프의 입원은 나에게 더 큰 스트레스를 일으켜 나도 얼마 후 내 병원에 입원했다.

결국 와이프는 위궤양, 나는 암이 생겼기 때문이다. 미스 윤은 젊어서인지 입원은 안 하고 폭식하다가 계속 뚱뚱해졌다. 그리고 나중에 당뇨에 걸렸다.

| 스트레스는 무서운 악성 파동이다 |

스트레스는 무섭다. 생체통신을 두절시켜 입맛을 잃게 하여 영양실조에 걸려 면역 기능의 상실로 병들고 죽게 한다. 반대로 폭식하게 하여 내장이 늘어나고 비만을 불러와 온갖 질병에 걸리게 한다. 스트레스는 사람을 괴롭히고 추하게 만드는 나쁜 악성 인자이다.

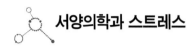

서양의학과 스트레스

　나는 가정의학과 전문의이다. 그리고 스트레스 질환에 대해서는 어느 신경정신과 전문의에 못지않은 지식과 임상 경험을 갖고 있다고 자부하여 왔다.

　그럼에도 불구하고 나 자신이 스트레스로 고생하고 있다. 돈이 쌓이면 부자가 되지만, 스트레스는 쌓이면 병이 된다. 지금은 암까지 걸려서 죽음의 문턱까지 와있다. 주위 의사나 환자들의 아이러니한 눈길은 나를 더 괴롭게 하고 있다.

　나는 병상에 누워 내가 아는 스트레스의 기초적 지식에 대해 다시 정리해 보았다.

　먼저 스트레스 일반적 정의는 다음과 같다.

　'스트레스란 비정상적 육체적·정신적 자극이 가해졌을 때 나타나는 신체적·심리적 상태를 일컫는다.'

　비정상적인 자극이란 무엇일까? 그것을 한마디로 이야기하면 평온한 정신적·육체적 상태를 흔들리게 하는 자극이다. 의학적 용어로 스트레서(stressor, 스트레스 요인)라고 한다.

　즉, 스트레스는 몸과 마음이 좋아하지 않는 자극을 받아 안 좋게 변해버린 몸과 마음의 상태라고 할 수 있다.

〈스트레스 증상의 분류〉

신체	두통, 어지러움, 심장이 뜀, 가슴이 답답해지거나 아픔, 식욕부진과 소화불량, 근육 통증, 목덜미 경직, 팔다리 저림, 피로, 안면홍조, 땀, 열
정신	불면, 집중력 저하, 기억력 감퇴, 우유부단, 마음이 텅 빈 느낌, 혼동, 유머 감각 소실
감정	신경과민, 불안 및 초조, 우울증, 분노, 좌절감, 근심, 걱정, 성급함, 인내 부족
행동	안절부절, 손톱 깨물기, 다리 떨기, 과음, 과식, 흡연 과다, 울거나 욕설, 비난이나 물건을 던지거나 때리는 행동의 증가

문제는 우리는 매일 수많은 스트레스 요인과 접촉하고 있다는 사실이다. 그래서 이 문제는 삶에서 매우 중요하다.

육체적 스트레스도 중요하지만, 현대생활에서 더 중요한 스트레스는 정신과 관련된 것이다.

지나친 경쟁, 주변 사람과의 갈등, 이상과 현실의 차이, 정신적·육체적 폭력의 후유증, 대인관계 등에서 발생하는 불안, 초조, 근심, 걱정, 긴장, 절망, 미움과 같은 정신적 스트레스 요인은 늘 우리를 따라다닌다.

맘은 몸의 주인이다. 그래서 맘은 몸이라는 육체를 조정한다. 맘이 상하면 몸도 정상적으로 조정이 안 되어 몸도 상하게 된다. 예를 들어, 기분 나쁜 일이 생겨 마음이 상한 상태에서 밥을 먹으면 바로 체한다. 이것이 악화되면 만성 위장병이 되고 이것은 맘에 다시 영향을 주어 정신적으로 우울증을 갖게 하는 악순환이 반복된다.

나는 내 환자의 스트레스를 심박변이도(HRV)로 측정하고 그 증상에 따라 생화학제 약을 처방해 줌과 동시에 적당한 운동과 좋은 식습관 등 생활요법과 명상요법 등을 권고해 왔다.

뭔가 많이 부족했던 것 같다.

나도 스트레스를 많이 받을 때, 내가 환자에게 처방하는 것처럼 해 왔는데 이렇게 암에 걸리고 말다니, 정말 할 말이 없다. 훌륭한 의사가 되겠다는 젊은 날의 희망과 포부가 한순간에 다 무너지는 자괴감이 들기도 하지만 동시에 퇴원하면 스트레스에 대해 더 깊이 연구를 해야겠다는 학문적 욕망이 우러나오니 오히려 기분이 좋아지는 것 같았다. 빨리 회복해서 퇴원해서 공부도 더 하고 바르게 생활해야지 하는 희망적인 생각도 들기 시작했다.

스트레스는 무조건 건강에 좋지 않은 영향만 끼치는 것이 아니다. 적당하면 오히려 신체와 정신에 활력을 주는 것으로 알려져 있다. 그러나 내·외적 자극에 대해 한 개인이 감당할 능력이 약화되거나, 이러한 상태에 장기간 반복적으로 노출되면 스트레스는 만성화되어 정서적으로 불안과 갈등을 일으키고, 자율신경계의 지속적인 긴장을 초래하여 정신적·신체적인 기능장애나 질병을 유발한다. 특히 노이로제 또는 심신장애의 병적인 증상이 진행하거나 악화되어 온갖 장애와 면역력이 떨어지게 되어 만성질환에 걸리게 된다.

스트레스는 어느 한 시기에만 나타나는 것이 아니라 인간의 전 생애에 걸쳐서 나타난다. 특히 중년기에는 심장병, 위궤양, 고혈압, 당뇨병 등 성인병의 원인으로 작용하고, 노년기에는 신경증, 심신증 등을 초래해서 우울하게 만든다. 그러나 누구든지 스트레스를 피해서 살 수 없으므로, 자신의 역할을 감당해 내기 위해서는 적당히 스트레스에 익숙해지도록 노력해야 하고 여기에 적응해야 한다.

인간은 현재의 상태를 유지하고자 하는 내재적 속성을 갖고 있다. 이것을 항상성이라고 하는 것에 대해서는 익히 이야기하였다. 그래서 웬만한 스트레스는 저절로 해결된다. 자연치유력의 발현이기도 하다.

〈스트레스 요인과 항상성 시스템〉

생체 조직	생물학적 항상성 반응
1. 양자	바이오코드 복구
2. 분자	DNA 복구, 열 쇼크(heat shock) 반응, 단백질 변성, 프리 라디칼 제거
3. 세포	세포 증식, 세포자연사(apoptosis)
4. 조직	재생, 복구

5. 장기	장기 기능의 변형 독성 분해, 장기의 혈류 변화
6. 생리 시스템	열 조절, 면역계, 그리고 호르몬 시스템의 변화
7. 인체	행동 조정

그래서 생명체는 작은 스트레스에서는 쉽게 벗어나지만, 지속적이고 누적되는 스트레스는 이겨내기 힘들어 여러 질병으로 확산된다.

스트레스의 피해는 매우 크다. 미국 통계청에 의하면 미국 국민이 연간 스트레스로 지출하는 비용이 우리나라 정부 예산 규모(약 450조 원)보다 큰 500조 원을 넘는 것으로 추정된다. 미국 스트레스 연구소(ASI: American Stress Institute)에 따르면, 전체 성인의 43%가 스트레스로 인해 건강에 해를 입고 있다고 한다. 1차 의료기관을 방문하는 전체 환자의 대략 75~90%가 스트레스 관련 증상이나 질환을 호소한다. 스트레스는 심장 질환, 암, 폐 질환, 사고, 자살 그리고 면역력 저하와 같은 주 사망 원인과 관련성을 가진다.

동양의학과 스트레스

강 원장이 어느 한 분과 함께 병문안을 왔을 때는 암 종양 제거 수술이 성공적으로 잘 이루어져 회복이 빠르게 진행되고 있을 때였다.

"고생했지요?"

부드럽고 편안하게 늘 웃는 모습의 강 원장은 언제나 나에게 좋은 에너지를 주고 있었다.

그리고 같이 온 조 선생을 소개해 주었다. 조 선생은 도인의 제자이며 동양의학에 대해 폭넓은 지식을 갖고 있다고 소개하였다. 그리고 『체질과 생명원리』라는 책도 쓰셨다고 덧붙였다.

나는 궁금해졌다.

"동양의학적으로 스트레스는 어떻게 설명이 되나요?"

그분은 폐가 발달했는지 힘찬 목소리를 갖고 있었지만, 사람도 우리 세 사람뿐이고 병실이라 약간 낮춘 목소리로 설명을 시작하였다.

"스트레스를 받으면 혈액이 머리로 몰립니다. 스트레스는 마음에서 오기 때문입니다. 스트레스는 의외로 황당한 경우에 많이 받게되지요. 예를 들어, 잘못이 없는데도 욕을 먹거나 열심히 했는데도 목표를 달성하지 못한 경우, 모든 것이 맘먹은 대로 되지 않는 경우입니다. 이 경우 기가 막혀 어이가 없게 되지요. 그래서 스트레스를 우리말로 표현하면 '기가 막힌 것'이고 '열 받는다.', '돌아 버린다.', '화가 난다.', '신경질이 난다.'라는 말로 표현하기도 합니다."

질병의 원인을 밝히지 못하는 경우가 있는데, 이것은 물질적으로 밝혀지고 있지 않을 뿐이다. 그래서 심인성이라고 한다. 스트레스를 받으면 체내에서 혼돈파가 발생되고 이것이 교란 작용을 일으켜 생체정보통신이 무너진다. 이것을 "기가 막힌다."라고 표현한다. 스트레스는 기의 흐름을 막아 만병을 일으키는 근원이다.

"몸은 맘이 지시해야 움직이듯이, 혈액 또한 몸 안에서 기를 받아야만 돌아갑니다. 기가 막히면 혈액은 돌 수 없습니다. 그래서 혈액을 억지로라도 돌려서 말초기관에 산소와 영양분을 공급하기 위하여 심장은 압력을 높이게 됩니다. 이것을 고혈압이라고 하지요. 고혈압은 인체의 항상성, 즉 혈액을 손과 발끝까지 가게 하기 위하여 자연적으로 발생하는 생명현상입니다."

고혈압이 자연적 현상이라니…. 항상성을 지키기 위한 자연적 현상이라…. 이런 생각을 하고 있는데 그분은 계속 말을 이어 나갔다.

"기가 원활하게 흐르지 못하면, 혈액이 제대로 돌지 못하여 순환 기능을 잘 수행하지 못하게 됩니다. 그렇게 되면 몸 안에 노폐물이 쌓이고 세균이나 바이러스에 대한 방어력도 떨어지게 됩니다. 이 것을 면역력 저하라고도 부르지요. 혈액이 우리 몸의 노폐물을 청소해 주지 못하면 어혈이 쌓이기 시작하는데 주로 마음의 중심 에너지가 위치한 중단전과 임맥을 따라 주변에 쌓이게 됩니다."

그분의 말을 들으면서 침이 꼴깍 넘어가고 있음을 느꼈다.

"임맥을 따라 중단전과 하단전에 어혈이 쌓이게 되면 심장에서 보내 주는 혈액이 아래쪽으로 충분하게 내려가지 못하고 머리 쪽으로만 몰리게 되는 것입니다. 그러면 항상성 시스템이 작동하여 하반신 쪽에서는 혈액이 부족하니 더 많이 보내 달라고 요청할 것이며 머리는 너무 많이 몰린다고 적게 보내라고 요청하겠지요."

"그래서 이러한 요청을 받은 심장은 어떻게 할지 몰라 불규칙적으로 빠르게 뛰게 됩니다. 이렇게 되면 가슴이 답답해지면서 소화도 되지 않으며 과민성 대장 증상이 발생하며 머리는 혈액이 많이 몰려 얼굴이 붉어지며 눈은 충혈되고 머리는 뜨거워지게 됩니다. 반면, 하체로는 혈액이 적게 가게 되어 상대적으로 차게 됩니다. 바로 만병의 근원으로 작용하는 머리는 뜨겁고 발은 차지는 두열족한(頭熱足寒) 현상이 생기는 것입니다. 이에 따라 혈액의 산소 공급 작용 등 혈액의 인체 항상성 기능이 상하로 달리하면서 균형이 깨지게 되면서 여러 스트레스 증상이 나타납니다."

약간 어려운 듯하지만, 논리적인 설명이라서 스트레스의 동양의학적 메커니즘을 어느 정도 이해할 수 있었다. 나도 스트레스 환자들이 심장 활동에 변화를 일으키는 것을 알기에 주로 심박변이도(HRV) 측정기를 이용하여 환자를 검사해 왔기 때문이다. 다만, 피가 위로 몰리고 아래로는 적게 내려가 균형이 깨지면서 여러 증상이 나타난다는 것에 대해서는 약간 새롭게 들렸다.

나는 평소에 궁금한 것이 하나 있어 조 선생에게 질문하였다.

"어떤 사람은 스트레스를 쉽게 받고 어떤 사람은 잘 받지 않는데 왜 그러합니까?"

그분은 이 질문을 마치 기다린 양 반가워하며 성의 있게 설명해주었다.

"사람마다 체질이 다르기 때문입니다. 예를 들어, 사람마다 스트레스를 받아서 임맥과 심포경에 어혈이 쌓였는지 아니면 심포경과 임맥에 여타 이유로 어혈이 생겨서 스트레스를 많이 받는 것인지에 따라 달리합니다. 스트레스를 받아 어혈이 쌓이는 분들은 스트레스가 누적이 잘되는 편에 속하지요."

"누적이 계속되다 보면 유전자에 영향을 주어 엉뚱한 인자를 만들어 내게 되는데, 이것이 암 같은 큰 병의 원인이 되기도 합니다. 저도 아는 게 너무 부족한 중생이라 언제 기회가 되시면 도인 선생님께 여쭈어보시면 저보다 더 좋은 답변을 얻을 수 있으리라 생각합니다."

"그리고 저의 동역자 중 한 분이 저보다 더 선생님께 도움이 될 것 같습니다. 그분과 함께 다시 방문해도 될까요?"

매우 솔직한 분이라는 생각이 들었다.

그리고 그는 다음 날 서양에서 정골의학(osteopathy)을 공부했다는 임 선생과 함께 병원을 방문하였다. 조 선생과 함께 활동하는 임 선생은 자신의 방법으로 내가 스트레스를 어느 정도 받고 있는지 시험해 보겠다고 하였다. 아무런 장비도 없이 테스트한다니 의아했지만, 도인이 맨손으로 내 몸을 진단하고 치유해 준 경험도 있고 또한 동양의학의 특성이겠거니 하고 맘을 편하게 먹었다.

그는 내 몸의 다양한 근육의 강도를 측정하며 비경과 삼초경이 막혀 있다고 하였고 내 몸의 림프에 자극을 주어 막힌 부분을 소통시켜 주었다. 나는 의사로서 확실히 몸이, 특히 신진대사가 원활해짐을 느꼈다. 궁금해서 물어보니 응용근신경학(AK: applied kinesiology)에서 독자적으로 발전한 응용신경반사학(CRA: contact reflex analysis)을 이용한 진단과 치유 방식이라고 설명해 주었다.

그리고 그는 양손의 검지와 중지를 나의 양 젖꼭지 사이의 가운데 부위에 갖다 대었다. 나도 태극권과 복식 호흡을 하고 가끔 도인을 찾아가 기공 공부도 하였기에 이 부분이 맘을 다스리는 중단전 부분이라는 것은 알고 있었다. 그분이 중단전 부분을 누르자 갑자기 심한 통증이 몰려왔다.

"어혈이 많으시군요…. 이 어혈이 기를 막아서 스트레스를 발생시키고 다시, 스트레스는 우리 몸과 맘의 소통을 교란해 큰 병으로 이어지게 합니다."

"스트레스를 풀어낸다는 것은 혈액이라는 물질과 기라는 비물질을 동시에 원활하게 소통시킴을 말합니다. 그러면 어혈이 풀리고 혈액과 생체 에너지가 맑아집니다. 제가 도움을 드려도 될까요?"

그는 먼저 내 중단전 부분에 검지와 중지를 가까이 갖다 대고 두 눈을 집중하여 기를 넣어 주는 듯한 자세를 취하였다. 나는 갑자기 내 몸의 바이오필드와 그의 기 파동이 울리는 듯한 느낌, 즉 동조 공명이 일어나고 있음을 느꼈다.

그의 말대로 표현하면 그의 파동을 내 파동과 공명시켜 내 기를 강화해 주어 중단전 부분의 어혈을 풀었다고 한다. 그 원리와 설명을 내가 잘 이해했는지는 모르겠으나 확실한 것은 그 부분이 약간 시원해지더니 가슴도 머리도 맑아지기 시작했다는 것이다.

아! 이게 동조 공명이라는 것이구나. 나는 내가 도인에게서 들은 이야기, 그리고 도인의 가르침에 따라 우주의 에너지를 받았던 것을 떠올리며 나도 모르게 깊은 잠에 빠지게 되었다.

 암을 일으키는 혼돈 파동

나는 며칠 뒤에 퇴원하였다. 와이프는 이미 퇴원하여 내 병을 보살핌과 아울러 내 퇴원에 대비하여 집 안의 벽지를 새롭게 바꾸는 등 나를 위하여 여러 가지를 준비하였다. 정말 사랑스러운 아내이다. 다만 아침에 부대찌개만 안 주면 좋겠다.

몸이 한결 가벼워진 것 같지만, 수술 후유증으로 곧 피로해지곤 하였다. 한 달 정도 요양이 필요하다고 하였다.

몸이 회복되면서 나는 스트레스에 대해 더 공부하기로 한 결심을 실행에 옮기기로 하였다. 무엇부터 시작할까 생각하다 보니 혼돈파 알갱이, 즉 파동이면서 입자이기도 한 그놈 때문에 고생한 기억이 되살아났다.

그래서 혼돈파 그리고 노이즈가 스트레스의 원인이라는 것에 대해서 먼저 공부하기로 하였다. 병원에 강 원장하고 면회 왔던 분이 이야기했던 내용은 너무 어렵다는 생각이 들어서이다.

매우 흥미로운 학술지를 발견하였다. 의학계의 이단아로 불리는 일부 양자의학자들이 스트레스에 대해 새롭게 정리한 논문을 보게 된 것이다. 이 내용을 정리하면 다음과 같다.

> "스트레스는 다양한 요인이 존재하는 만큼 이에 대한 대응 방법도 다양하다. 전통적으로 생물학적, 생화화적, 정신의학적 방법에 의해 생활요법, 투약요법 그리고 바이오피드백(bio-feedback)과 같은 신경 요법 등이 사용된다."

여기까지는 일반론이라 별로 새로운 내용이 없다.

특이한 점은 여기서부터였다.

> "스트레서는 하나의 파동이다. 우리 인체의 자연적인 양성파와는 다른 주파수를 가진 파동이다. 그래서 우리는 이것을 혼돈파라고 하기도 하고 노이즈(noise)라고 부르기도 한다."

"혼돈파? 노이즈?"

"도인이 혼돈파 알갱이 어쩌고 했었는데…."

하기야 컴퓨터에 악성 프로그램이 들어와 기능을 망치는데, 이것을 바이러스(virus)라는 생물학적 용어로 사용하는 것을 보니 인체 내에 들어오는 악성 파동을 물리학적 용어인 노이즈를 사용하는가 보다 하는 생각이 들었다.

그들은 스트레스와 그것의 작용 기전에 대해서도 전통적인 생화학적 설명이 아니라 물리학에 가까운 해석을 하고 있었다.

"노이즈가 우리 인체에 혼재되어 있으면 인체 내에서 정보 교환 기능(바이오 커뮤니케이션)이 두절되거나 일시적인 장애를 일으켜 인체 생리 시스템에 이상이 생긴다. 이것이 스트레스이다."

"구체적으로 다시 기술한다면 전자파, 정신적 상처, 육체적 자극 등 신체 내외부의 노이즈 인자는 바이오필드 내에서 교란 인자로 작용하여 세포 간 통신 교류 시스템을 교란하게 된다."

〈스트레스와 대처 방법〉

접근 방식	방법	비고
생물학적	영양, 산소, 휴식, 운동	생활요법
생화학적	생화학제, 항히스타민제	약물요법
정신의학	바이오피드백, 명상, 음향, 최면, 상담	심신요법
양자의학	양성파 확장, 노이즈 방출	파동요법

"이렇게 되면 바이오 커뮤니케이션은 일시적으로 단절되거나 장해를 받는다. 이것이 스트레스의 작용 기전이며 이 결과로 나타나는 비정상적 인체 및 정신 반응이 스트레스이다."

이들 학자는 항상성, 즉 자기 치유력 또는 자체 복원력의 중요성도 다음과 같이 강조하고 있었다.

"바이오필드는 항상성 본능에 의하여 자율적 복원기능을 갖고 있어서 작은 노이즈(스트레스 인자)는 스스로 방출하고 소멸시켜 버린다."

스트레서가 자기 복원력을 넘어서는 강도이거나 지속될 때의 결과에 대한 설명은 다음과 같다.

"하지만 작은 노이즈일지라도 지속되거나 여러 개가 동시에 작용하면 생체의사소통이 교란된다…. 결국 생체 시스템의 붕괴로 전반적인 심신의 건강이 위험하게 된다. 당연히 스트레스 강도가 강하여 혼돈파가 우위가 되는 경우, 만성적 스트레스 증후로 가게 된다."

그들의 논문을 요약하자면 스트레스를 발생시키는 스트레서는 생체전자기학적으로 노이즈이며 노이즈는 인체 내 정보통신을 교란하는 혼돈파로서 체내 정보전달이 두절되는 등 부작용에 의하여 스트레스 현상이 나타난다는 것이다. 또한, 이러한 혼돈파를 이겨내는 것이 스트레스에 대한 새로운 치유 방법으로 등장할 것이라고 주장하고 있는 것이다.

나는 바이오필드에 대해서 신경정신과 동료들을 통해 공부한 적도 있고 또한 도인에게서 혼돈파에 관하여 듣기도 하고 직접 시술도 받은 적이 있어서 그들의 논문이 그렇게 낯설게 느껴지지는 않았다.

종양 세포를 도려내고 살아났지만, 아직 후유증이 조금 남아있었고 수술했던 동료 의사는 재발 가능성이 있으니 조심하라고 늘 이야기해서 매일 공포의 날을 살아가고 있었다.

수술받은 부위뿐만 아니라 몸 전체적으로 기력이 많이 떨어진 것 같다.

내가 왜 암에 걸렸을까? 시술한 동료 암 전문의가 생화학적으로 암 발생에 관해서 설명한다. 설명이 왠지 마음에 닿지도 않고 시원하지도 않지만, 내가 읽은 노이즈와 암이 관련이 있을 거라는 학술지 이야기는 하지 않았다. 왜냐하면 그런 이야기를 꺼내면 그 동료는 비과학적이니, 미신이니 하면서 나하고 논쟁을 벌일 것이 뻔하기 때문이었다.

우주 에너지도 받을 겸 해서 도인을 찾기로 하였다.

도인을 만나 그동안 암에 걸려 수술을 받았다고 이야기하고 수술 후 몸 관리를 잘했는데도 왜 이리도 온몸에 힘이 없느냐고 물어보았다.

도인은 오랜만에 나를 만나서 그런지 반가워하고 나의 맥을 짚어 보더니, 암세포가 없다고 말하며 수술이 잘되었다고 격려해 주었다.

어떻게 아시냐고 하니 다음과 같이 답했다.

"인간은 공명기라고 했지요. 당신의 몸과 나의 몸은 공명기로 꽉 채워져 있습니다. 그래서 나는 당신 몸에서 나오는 바이오코드를 파동을 통하여 알 수가 있습니다. 지금 그대의 몸에서는 정상적인 파동만 나오고 있습니다. 다만 마음에는 약간의 비정상적 파동이 남아 있기는 합니다."

"수술은 잘되었다고 하지만 수술 후 온몸에 힘이 빠져 있는 듯한 느낌이 듭니다."

"수술이란 몸을 쪼개는 것이지요. 몸은 혈관, 신경, 근육 등 다양한 물질의 결합체이고 서로 연결되어 있습니다. 이 연결이 끊어진 곳에서는 파동이 약화됩니다. 그리고 몸 전체적으로 파동력이 불규칙하고 약하게 나타나기 때문입니다."

인체의 파동력이 약화되었다는 설명이다. 파동(력)이 기(력)라고 한다면 확실히 나는 기가 없는 것처럼 온몸에서 힘이 많이 빠져나가 있는 것 같다.

"시간이 지나면서 인체의 자기 복구력에 의하여 다시 파동력이 돌아오니 너무 걱정하지 마세요! 신체의 안 좋은 부분을 잘라낸 것이지, 팔이나 다리처럼 정상적인 것을 잘라낸 것은 아니니까요."

나는 팔다리 이야기에 몇 해 전 병원에 입원한 환자 한 사람이 생각났다. 사고로 한쪽 다리가 잘린 환자였다.

"발목이 아파 잠을 못 자겠어요!"

분명 그 환자는 무릎 아래가 잘려 나가 아무것도 없는데, 발목이 아프다니 그게 말이 되는가?

그 환자는 발목이 마치 있는 것처럼 느껴진다고 말하며 스스로도 무서워하였다. 충격 때문에 생기는 정신적 착각이겠지 하고 당시에는 생각했지만, 지금은 약간 다른 생각이 들었다.

잘린 다리 무릎 부분에서 온전한 다리의 형상과 기능을 인체는 가지려고, 즉 복원시키려고 하면서 생기는 정신적 현상이거나 아니면 진짜로 항상성 유지를 위한 인체 반응으로 다리 모양의 바이오필드가 형성된 것이 아닐까 하는 생각이 문득 들었다.

"비교적 건강하고 운동도 하고 명상도 하고 음식도 조심하고 했는데 어떻게 암에 걸렸는지 모르겠습니다."

"당신의 암은 정신적 요인에서 생기는 것입니다. 스트레스로 해석하셔도 좋습니다."

"스트레스요?"

혼돈파와 암이라? 그러면 우리 와이프가 병원에 입원한 것도 그러하냐고 물어보니 그렇다고 한다.

"예. 정신적 자극이나 충격, 기분 나쁜 생각은 우리 몸의 기능을 혼란스럽게 만듭니다. 몸과 맘은 하나와 같이 복합체로 존재하니까요. 정신적 자극은 맘에 변화를 줍니다. 맘은 혼란스러워하고 이것이 몸에 나쁜 영향을 주는 것이지요."

"아무리 스트레스가 심하더라도 암까지 걸리게 할까요?"

"오래전에 당신이 몸이 아파 내가 당신 몸을 분해하여 혼돈파를 발생시키는 알갱이 하나를 꺼내서 치료해 준 적이 있지요? 바로 그 알맹이 혼돈파가 원인입니다. 그때는 전자파에 의한 물질적 혼돈파였지만, 지금은 정신적 혼돈파에 의하여 암이 발생한 것입니다."

몸이 아플 때 도인이 내 몸에서 입자 같기도 하고 파동 같기도

한 알맹이 하나를 꺼내며 이것이 혼돈파 물질이라고 이야기했던 기억이 났다. 내가 얼마 전에 읽은 논문 생각도 났다.

"혼돈파를 노이즈라고 부르던데 그게 맞는 것이지요?"

"생체를 전자기적으로 분석하시는 분들이 그렇게 부른다고 들은 바 있습니다."

그때는 대수롭지 않게 여겼었는데, 아니, 혼돈파가 암까지 일으켜? 노이즈가 스트레스의 원인이고 그것이 우리 몸속에서 어떻게 작용하느냐에 대해서는 학술지에서 읽은 내용으로 어느 정도 이해가 되었지만, 암까지 유발한다는 데에는 다시 한번 놀라지 않을 수 없었다.

"정신적 노이즈가 암을 일으키는 것인가요? 물질적 노이즈는 암과는 관계가 없는 것인가요?"

"모든 노이즈는 암과 관계가 있습니다. 이미 설명해 드린 바와 같이 노이즈는 유기, 무기, 반기의 형태로 존재합니다. 모든 노이즈가 암뿐만 아니라 생명 과정의 교란 요소로 작용합니다."

나는 이미 오래전에 내가 암에 걸렸을 때, 도인에게서 도움을 받으며 혼돈파인 노이즈에 대해 충분히 설명을 들은 적이 있었음에도 불구하고 이번 기회에 한 번 더 정리하고 싶은 마음에 질문을 계속하였다.

"그렇다면 노이즈가 어떻게 암을 발생시키는지요?"

"암 발생은 누적된 스트레스가 분자나 전자 이하 단계의 아주 미세한 양자 단계의 상호작용을 깊게 교란했기 때문입니다. 암은 이러한 교란에 대해 저항하다가 나중에 순응해 버려서 비정상적으로 자라게 된 세포입니다."

물끄러미 쳐다보며 더 상세한 설명을 요구하는 나를 보고 도인은 설명을 이어 나갔다.

"인체의 파동 뭉치인 바이오필드는 몸과 마음에 생명력을 불어넣고 온전하게 합니다. 생명력은 계속 세포를 탄생시키며 스스로 복원력을 갖게 합니다. 이 힘은 신이 우리에게 주신 선물입니다."

"그런데 유기체, 무기체, 반기체 형태의 혼돈 물질이 체내에 침입하여 혼돈파인 노이즈를 일으키게 되면 바이오필드는 교란을 받아 제대로 작동이 안 됩니다. 그 결과로 인체 내부에서 세포 간에 정보 소통이 잘 전달되지 않거나 왜곡되어 전달됩니다."

"정상 세포에서 발진되는 양성파동 간에 교신이 단절 또는 두절됨에 따라 바이오코드는 닫힙니다. 그러면 정상적 생명작용을 못하게 됩니다. 하지만 인체는 내생적으로 자기복원력을 갖고 있어 세포를 계속 자라게 하려고 합니다. 그러다 보니 엉뚱하게 혼돈파와 동조 공명하는 비정상적인 세포를 만들어 버리는 것입니다. 이 세포를 암세포라고 부르는 것입니다. 생체정보소통이 교란되면 그렇게 되는 것입니다."

도인이 '바이오필드'라는 용어를 사용하는 것을 들으며 그는 내가 생각하는 것보다 훨씬 아는 것이 많은 분 같다는 생각이 들었다. 인체의 항상성을 지키기 위한 생명력, 바이오 커뮤니케이션, 바이오코드를 집합해 놓은 설명이었다.

도인의 설명은 매우 논리적이고 과학적이라고 생각했다. 예를 들어, 노이즈의 요소를 유기체, 무기체, 반기체로 삼분하고 유기체로는 박테리아와 같은 세균뿐만 아니라 기생충까지 포함하고 무기체는 소음, 전자파, 스트레스, 방사선, 유해광물질 그리고 반기체는 바이러스와 같이 유기와 무기의 중간 또는 양성적 성격을 가진 혼돈 물질로 구분함은 현대의학과도 상통하기 때문이다.

도인은 내가 이해를 충분히 했다고 생각했는지 아니면 그 반대로 생각했는지 웃으면서 이야기를 이어 나갔다.

"인간은 원래 밥 잘 먹고 잘 움직이고 잘 자고 잘 싸면 그만입니다. 무병장수에 180년까지 살 수 있습니다. 옛 도인들은 900살 넘게 살았습니다."

"신은 인간을 창조할 때 웬만한 질병이나 외부 혼돈파는 자기 치유력에 의해 이겨낼 수 있게 하였기 때문입니다. 그러나 강력한 병원체가 침입하면 이겨내지 못해 병이 생깁니다. 병원체는 인체의 세포와 다른 파동을 야기하지요. 바로 강력한 혼돈파입니다."

"사람들은 병이 생기면 병원에 가서 의사의 진단을 받고 수술을 받거나 약 처방을 받지요. 수술도 몸의 연결을 칼로 일시적으로 끊는 것이라 후유증이 발생하기도 합니다만, 대부분 약 처방이 이루어집니다."

"문제는 현대의 약품은 대부분이 생화학제라는 것입니다. 병원균과 상극인 생화학제를 투여시켜 병원균을 죽이거나 마비시키는 작용을 합니다. 이러한 과정은 체내에서 생화학 작용을 통해서 이루어집니다. 생화학 약품이 몸 안에서 화학 반응을 일으켜 고치는 것이지요. 병원체의 활동을 막을지라도 화학적 연쇄 반응에 의해 또 다른 혼돈파를 발생시킵니다. 이것을 약의 부작용이라고 하지요."

"위장 질환을 고치기 위해 투여된 생화학제가 간에는 치명적일 수도 있으니까요. 우리 몸의 장기는 모두 연결되어 있습니다. 이 점을 무시하고 신체의 특정 부위 하나만 처방해서는 부작용이 일어나기 쉽습니다."

강 원장이 서양의학과 동양의학의 차이점에 관해 설명하였던 것이 기억이 났다. 똑같은 목적을 갖지만, 접근 방법이 환부나 병원체에 대한 직접적인 대중처방이냐 아니면 원인 규명적 접근을 통하느냐의 차이에 관해서 설명한 적이 있었기 때문이다.

"제일 중요한 점을 잊어서는 안 됩니다. 우리 인간이 소우주이듯이 우리 몸을 구성하는 세포 하나하나는 소우주의 구성 요소라는 점입니다. 예를 들어, 달을 남방과 북방 두 곳에서 동시에 보기 위하여 달을 파괴하여 1/2로 쪼개 버리면 태양계는 커다란 혼돈 상태가 됩니다. 태양계의 혼돈은 은하계뿐만 아니라 우주 전체의 혼돈을 불러오게 됩니다. 모든 것은 연결되어 있습니다."

나도 모르게 머리가 끄덕여졌다. 부작용 메커니즘에 대해서는 대부분의 의사가 알고 있는 내용이기도 하다. 그래서 항생제와 같은 생물제제와 두통약 같은 화학제를 처방할 때 상당히 그 양과 사용 기간에 대해 고민하여 처방하는 것이다. 약 부작용으로 실명하거나 만성두통 그리고 심하면 생명에도 위험을 주는 경우가 종종 있기 때문이다.

"그러면 부작용 없는 치료는 어떻게 하는 것이 좋습니까?"

"물론 치료보다는 예방이 제일 중요하지요. 하지만 병에 걸렸을 때는 그 병원체가 혼돈파 방사를 못 하게 하도록 하는 것입니다. 한 세포가 병에 들면 그 세포의 활동을 막기 위하여 인체의 항상성 시스템이 작동하지요. 이것이 자연치료입니다. 이 방법이 가장 좋습니다."

"병든 세포의 혼돈파 방사가 지나치게 강하면 옆에 있는 세포도 그 혼돈파와 공명하는 구조로 바뀌게 됩니다. 이것을 암세포 전이 등으로 표현하기도 하고요. 그래서 몸에서 혼돈파 알갱이를 빼주는 것이 가장 좋은 방법입니다. 제가 혼돈파 알갱이를 빼주었던 일이 기억나시지요?"

"예. 잘 기억하고 있고 항상 고맙게 생각하고 있습니다. 하지만, 저도 의사입니다만 그 혼돈파를 어떻게 찾아내고 어떻게 빼내야 하는지를 알고 싶습니다."

"가장 좋은 방법은 환자의 고유 파동력을 높여 주는 일입니다. 자신의 파동력을 강화하여 혼돈파를 몸에서 빼 주는 것입니다. 그렇게 하여 몸과 맘 안에서 자유롭게 정보가 교환되게 하면 됩니다."

"이해는 됩니다만, 자신의 파동력을 어떻게 높일 수 있나요? 아직까지 그러한 것은 접해 보지 못했습니다."

"우선 자연과 함께하여야 합니다. 자연은 우주의 섭리가 만들어 낸 것이니까요. 자연은 우리의 몸과 맘에 공명하기 때문입니다."

"말씀은 잘 알겠습니다만, 현대생활에서 자연은 점점 더 멀어져 가고 있습니다. 더 쉬운 방법은 없을까요?"

"언젠가는 인간의 과학에 의하여 파동력을 높일 수 있게 될 것입니다. 그 원리는 이미 신이 세상을 창조할 때 적용이 되었기 때문에 곧 밝혀질 것입니다…"

너무 먼 이야기 같다는 생각도 들면서 우주 공상 영화의 파동 치유 장면이 머리를 다시 스쳐 갔다.

"아, 그리고 예방이 제일 중요하다고 말씀하셨는데, 저희 의사들도 늘 환자들에게 그렇게 이야기합니다. 병 예방을 위하여 일상생활에서 가장 중요한 것은 무엇입니까?"

"이미 말씀드린 것 같습니다. 일상생활에서 혼돈파가 몸과 맘에 끼어들지 못하게 하여야 합니다. 즉, 스트레스를 받지 않는 것이 제일 중요합니다. 스트레스를 받으면 바로 풀어야 하고요. 스트레스는 만병의 근원입니다. 그것이 몸과 맘을 교란하니까요."

스트레스가 만병의 근원이라고 내 환자들에게 늘 이야기해 놓고 나서 나는 정작 스트레스로 암에 걸려 버렸으니…. 나 자신이 다시 한심해지는 것 같다.

스트레스를 줄여야겠다. 그래서 운동하고 휴식을 취하고 영양제 먹고 비타민 먹고 명상하고 와이프하고 사이좋게 지내고 동료 신경정신의와 상담도 하고 하니 정말 스트레스가 줄어들었다. 물론 다 좋은데, 시간과 돈이 많이 들어가는 게 문제다. 또 이렇게 노력해도 노이즈는 계속 찾아오고 나를 괴롭혔다. 그리고 어디를 가도 전자파 노이즈는 피할 수가 없다.

노이즈를 자동으로 방출해 주는 기기가 있으면 좋겠다. 그 원리가 창조 원리와 같다고 하는데, 언제나 그런 기기가 만들어지려나 생각하다가 잠이 들었다.

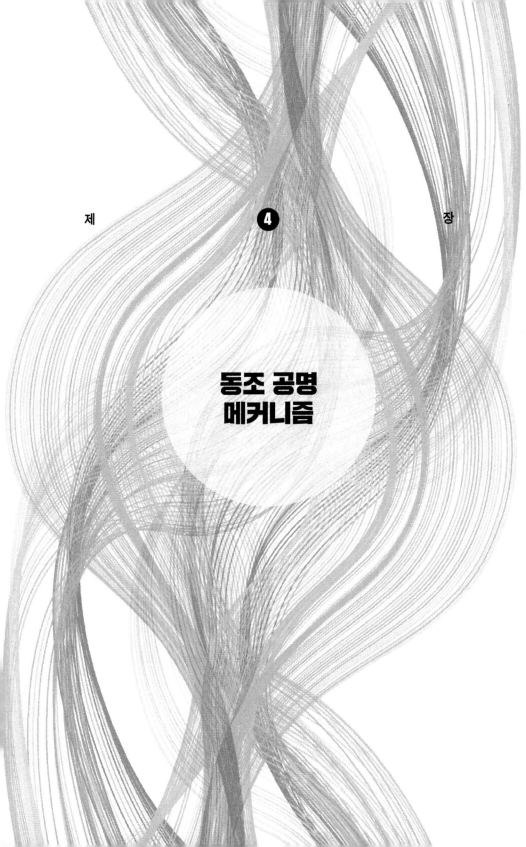

제 **4** 장

동조 공명
메커니즘

호주로 의학 연수를 가다

휴식도 필요하고 하여 안식년을 맞이하여 호주 시드니 대학으로 의학 연수를 갔다.

시드니 대학을 선택하게 된 배경은 강 원장의 소개로 알게 된 시드니 의과대학 통합의료센터의 센터장인 오 박사와 친분도 있었고 그의 추천이 크게 작용했다. 그가 개발하여 학회에 발표한 '메디컬 기공'을 접해 보는 기회를 갖고 싶어서이기도 했다.

오 박사는 중의학과 현대의학 양쪽에서 박사학위를 받은 한국계 학자로서 동서양의 의학 세계에 대해 심오한 지식을 가진 저명한 통합의학자이다. 그는 호주와 미국을 번갈아 가며 시드니 의대와 미국의 하버드 의대에서 강의와 연구를 하고 있다.

나는 오 박사의 소개로 제이슨이라는 신경정신과 의사와 친하게 지내게 되었다. 제이슨은 특이하게도 호주에서 태어났으나 수학자이신 부모를 따라 고등학교 때 미국으로 건너가 스탠퍼드 대학에서 물리학을 공부하고 나중에 호주로 다시 돌아와 시드니 의대를 졸업한 의사이자 학자로서, 상당히 논리적이고 과학적임에도 인간미가 넘치는 품성을 가진 사람이었다. 그리고 그는 늘 새로운 의학을 추구하는 정열적인 의학도였다.

나는 그때까지만 해도 제이슨이 내게 새로운 의학에 대한 눈을 뜨게 해 주리라고는 생각하지 못하였다.

　제이슨은 10여 년 전 유럽에서 개최된 신의학(new medicine) 세미나에서 세계적인 내분비학과 의사이며 양자의학자인 챠플라 박사를 만난 이후로 현대의학의 부족함을 느끼고 전인적 치유 관점에서 보완해야 한다는 필요성을 늘 느꼈다고 한다.

　당시에 만났던 챠플라 박사는 양자의학을 활용하여 인체의 정상적인 바이오코드와 동일한 파동 주파수를 발신하는 장치 개발이 미국 스탠퍼드 대학에서 한창 진행 중이라고 소개하며 다음과 같이 말했다고 한다.

　"비록 아직은 원시적 형태이나 바이오코드의 특성이 파동으로 뭉쳐진 바이오필드와 공명할 수 있도록 특정한 파동을 발진하는 전자 장치가 개발되어 현재 다양한 실험을 진행 중입니다."

　"이것은 학문적 성과도 크지만, 양자의학의 실용화도 머지않은 시기에 가능함을 예고하는 것이라 평가할 수 있습니다."

　여기까지 이야기하던 제이슨은 씩 웃으며 세상이 좁다며 이야기를 다시 이어 나갔다.

　"나도 스탠퍼드 대학 학부 과정에서 물리학을 공부했어. 그 특정 파동, 즉 바이오코드에서 발현되는 양성파와 동일한 주파수를 발진하는 장치를 개발했다는 교수님이 계시는 물리학과의 학생으로 말이야. 틸레르 교수인데 세계적으로 저명한 양자물리학자이시지."

"그런데 좀 웃기게 들릴지 모르겠으나, 나는 이분의 강의를 들어 본 적이 없어. 왜냐하면 틸레르 교수는 대학원에서만 연구 중심으로 강의하셨고 난 학부생이었거든. 지금 생각하면 이 부분이 무척 아쉬워…."

제이슨의 이야기를 듣는 내내 나는 늘 스승과도 같은 도인이 생각났다. 그리고 그가 이야기하던 말들이 생각났다. '인간 자체가 공명기', '우주 에너지 활용 장치', '미세 에너지' 등을 떠올리며 그게 이런 것들을 담은 장치를 예측한 것이 아닐까, 아니면 다른 유사 장치 중 하나인가 하는 생각이 들었다. 제이슨은 놀라운 이야기를 계속 이어 나갔다.

"소망하면 이루어진다고 했나? 4년 전에 스탠퍼드 대학에서 멀지 않은 작은 도시인 락스퍼에서 미래 의학 세미나가 개최되었어. 내가 우리 대학병원을 대표하여 참석하게 되었고 이를 계기로 틸레르 교수와 사전 면담 약속을 하여 귀국하는 길에 스탠퍼드 대학에 들러서 그와 의미 있는 시간을 가질 수 있어. 역시, 세상은 좁아. 그리고 바라는 대로 이루어질 때 그 행복과 만족감은 정말 좋아."

"의미 있는 시간?"

나는 더 궁금해져서 그의 이야기를 재촉했으나, 제이슨은 오늘 저녁 가족 모임이 있다고 내일 다시 만나자며 서둘러 자리에서 일어났다.

 ## 바이오필드 자율 공명 장치

다음 날 이어지는 그의 이야기는 정말 놀라웠다.

틸레는 교수는 바이오필드와 동조 공명하는 양성파 발진기로 물리적, 생물학적, 화학적 효과에 대하여 다양한 실험을 진행하고 있었다고 한다. 그러면서 그는 어릴 적 추억에서 영감을 받아 동일한 원리로 작동이 되나 독특하게도 아무런 외부 에너지 공급 없이도 인체의 양성파와 동조 공명이 자율적으로 이루어지는 장치도 개발하였다는 것이다.

아니, 그게 가능한 일인가? 아무런 에너지 공급 없이도 바이오 코드에서 나오는 미세 에너지 덩어리인 바이오필드에 반응하여 교감 공명을 스스로 하는 물체라고 한다면 그게 생명체이지 기기라고 할 수 있겠느냐며 나는 의심과 일부 호기심의 눈초리로 제이슨을 쳐다보았다.

제이슨도 지금의 나처럼 자율 작동 교감 공명 시스템이라는 개념이 무척 놀라웠고 심지어 당황스럽기까지 했다고 한다. 그 교수는 이미 시험용으로 200개를 만들어 테스트 중에 있으니 사용해 보라며 5개를 선물로 주었다고 한다. 물론 테스트 결과를 정리해서 보고해 주는 조건이라고 하였다.

제이슨은 실제로 그 공명기를 보기 전까지는 5개나 되는 장비를 어떻게 시드니로 갖고 갈까 고민했으나, 막상 받아 보니 고민할 필요도 없이 그 크기가 생각보다 작고 가벼움에 놀랐다. 수저 머리만 한 작은 크기로 5개 모두 손바닥 위에 놓고도 손바닥이 남을 정도로 작고 가벼웠다. 그런데 볼품도 별로 없었다. 그냥 플라스틱에 금동색 회로가 몇 개 보이는 정도로 '자율교감 공명기'라는 거창한 이름에 비하여 너무 심플하고 허전해 보였기 때문이다.

이것을 어떻게 사용하라고 그러나 생각하며 물끄러미 손바닥 위의 볼품없는 위대한(?) 기기를 이리저리 돌려가며 바라보는 모습을 보며 교수는 적용이 쉬운 아이디어를 주었다.

"공명기 한쪽 끝에 구멍을 뚫어 놓았으니 천 줄로 매어 목걸이처럼 사용하면 편할 겁니다. 줄 길이를 조정하여 가슴 가운데 부분에 놓이게 하면 제일 반응이 좋게 나옵니다. 양쪽 유두 가운데 위치라고 하는 것이 좋겠네요."

제이슨은 일단 무겁지도 않고 크기도 작으니 그러면 되겠구나 하고 그 자리에서 끈을 받아 착용했다고 한다. 나는 이 말을 전해 들으면서 틸레르 교수는 중단전 위치를 어떻게 알았을까 하고 생각하는데, 제이슨은 묘한 이야기를 계속 진행해 나갔다.

틸레르 교수는 그가 개발한 공명기의 사용법에 관해 추가로 설명을 덧붙였다고 한다.

"다만, 주의사항으로 이 공명기가 처음 접하는 바이오필드에 따라 공명기 내부의 공명 셀과 회로 장치가 자동으로 조정되어 최적의 교감 공명 작동 상태로 바뀌게 됩니다. 즉, 사람에 따라 작동과정이 변하는 맞춤형이 되는 것이지요. 그래서 사람에 따라 적응과정이 1~2주 정도 필요하기도 할 것 같아요."

"사람마다 바이오필드의 주파수와 파장이 다르잖아요. 그래서한 사람이 사용하던 것을 다른 사람이 사용하면 그 최적 상태로의조정 과정이 더 길어질 수 있습니다. 이것은 이론적으로도 그렇고또 부분 실험에서도 가설이 입증되기도 했습니다."

뭐야? 이게 도대체 뭐야? 제이슨은 나의 의아스러움을 당연히 예측한 것처럼 웃으면서 말했다.

"너무 복잡하게 생각하지 말고 그냥 사용해 보길 바라. 지나친생각도 스트레스 요인의 하나잖아."

맞다. 너무 깊게 생각하지 말자. 제이슨이 나에게 거짓말을 하거나 나를 특별히 괴롭힐 이유도 없는데 그냥 받아들이기로 했다. 그러면서 기 목걸이, 에너지 펜던트, 골프 팔찌 등 주변에서 널리 사용하고 있는 건강 보조기가 많은데 그것들은 무엇인지 궁금해서 물어보았다.

제이슨은 참 아는 것도 많았다.

"25년간 천체물리학과 자연 물질만을 연구하던 에자키라는 일본인 학자가 우연히 남태평양 섬을 탐사하던 중 특정 화산대에서 강한 에너지를 느끼고 조사한 결과, 그 화산석 주변의 바다에는 이상하게도 물고기가 많고 싱싱하다는 사실에 주목하여 물에 실험을 해 보았는데 물의 클러스터가 작아지는 것을 발견했어."

"동일한 원리로 사람에 적용해 실험을 해 보았어. 인체도 60% 이상이 물이니까. 좋은 반응이 나온 거야. 그래서 연구하다 보니 이 물질이 인간의 무기 구성물질과 유사한 비율로 섞여 있음을 발견한 거야. 그래서 특정 물질을 활용한 제품이 만들어진 것으로 알고 있어."

잘 알겠다고 말하고 그러면 특정 물질 제품과 이 공명기의 차이는 정확하게 무엇인지 다시 한번 물어보았다.

"특정 물질 제품은 그 물질에서 좋은 파동이 강하게 나온다는 것이고 이 공명기는 자체적으로 파동을 방사하지는 않고 다만, 인체 파동과 공명하는 장치라고 할 수 있어. 그래서 공명기라고 하는 거야."

아무런 특정 파동을 방사하지 않는데, 인체에 좋은 영향을 준다는 설명에 이 보잘것없는 작은 알맹이가 매우 귀한 선물이라는 생각이 들었다. 그래서 그냥 받기에는 궁금한 것도 있고 또 부담스러운 점도 있어서 제이슨에게 물어보았다.

"내가 이것을 착용하고 있는 사람을 본 것도 십수 명인데, 5개를 시험용으로 받았다고 했잖아? 근데 여분이 더 있는 것이고 테스트도 끝난 거야?

"내가 받은 5개는 내 가족을 중심으로 간이 테스트를 했고 그 결과를 알려드렸어."

"틸레르 교수는 여러 소규모 임상 결과를 모아 양자의학 학회지에 실험 결과를 요약하여 발표하였는데, 큰 반향을 일으켰지."

"학회에서 의논 끝에 종합실험 연구비를 제공해서 세 군데에서 실험을 했는데 그중 하나가 시드니 대학이었고 통합의료센터장인 오 박사가 연구 총괄책임자로 실험을 총괄하였어."

"나도 그것을 계기로 오 박사와 교류하게 된 것이고. 그래서 자네를 만나기도 했지. 하여간 이 작은 물건 하나가 공명기가 맞기는 맞나 봐. 호흡이 잘 맞는 오 박사나 자네를 만나게 해 주는 것을 보니…"

그렇게 이야기하면서 제이슨은 큰 소리로 웃었다.

그러고 보니, 오 박사가 태극권을 수행할 때, 얼핏 보았던 목걸이 같은 것이 이것이었구나 하고 생각했다.

심오하다는 양자의학과 목걸이? 제이슨은 나에게 하나를 선물해 주었다. 친분도 있고 또 선물에 대한 성의를 보여야겠다는 생각에 좀 어색하지만, 그것을 착용하기로 마음을 먹었다. 난생처음 파동 공명기를 사용하게 되었다. 아니, 태어나서 처음으로 요상한 목걸이를 착용했다고 표현하는 게 더 맞을지도 모르겠다.

교감 공명 반응

그런데 묘한 작은 변화가 일어남을 발견할 수 있었다.

약간 졸리기도 하고 가슴 부위가 좀 답답함을 느껴서 뭔가 작용했구나 하는 생각을 갖게 되었다. 그런데, 며칠 지난 아침에 평소와 다르게 눈을 일찍 떴는데 머리가 멍할 정도로 맑고 개운했다. 해외 생활의 스트레스가 사라진 것 같다. 나도 모르게 차분해진다. 영어로 강연을 들으면서도 집중력이 높아져서인지 더 잘 이해가 된다. 그리고 짜증 나는 일을 겪어도 평상심을 바로 되찾고 논리적으로 대응하게 되었다. 컴퓨터로 오래 일해도 이전과 다르게 피로감이 적은 것 같다.

마치 내가 힘들게 도인을 찾아가 조금씩 얻은 에너지를 축적한 상태와 유사하게 몸과 맘이 편해지고 힘이 솟는다. 와이프가 그러한 나를 좋아한다. 특히 밤에 더 좋아한다.

이번에는 오 박사로부터 공명기를 하나 더 구해 예쁜 끈에 매어서 와이프에게 주었다.

와이프는 처음 그것을 착용할 때 가슴이 너무 답답해진다며 바로 벗어버렸다. 오 박사에게 상의하니 5분씩 사용하면서 조금씩 시간을 늘려 가라고 하였다. 혼돈 에너지가 많이 끼어 있어서 그런 현상이 나오기 때문이라고 설명해주었다. 그래서 그것을 찼다, 벗었다 하면서 조금씩 차는 시간을 늘려 갔다. 사흘째 되는 날 와이프는 아랫배 자궁 부분이 약간씩 뜨거워지는 느낌을 받는다고 하였다.

이 물체는 감각도 있나?

'와이프가 4년 전에 자궁 수술을 받은 적이 있었는데…'

자가 동조 공명의 비밀

점점 궁금해졌다. 보잘것없는 작은 장치 하나가 스스로 작동하며 우리 인체 바이오필드의 다양한 주파수와 동조 공명이 일어난다는 것이 놀랍기도 하고 그 원리가 무엇인지 학문적 호기심도 높아졌다. 임상실험을 담당했던 오 박사에게 내 체험과 와이프에서 나타나는 현상을 설명하며 그 메커니즘에 관해 물어보았다.

"저도 공학도가 아니라 정확한 메커니즘을 알지는 못하지만, 파동 발진기는 전기 장치에 의해 특정 파동이 방사되는 것이라 개념적으로 이해가 쉽습니다. 그런데 아무런 에너지 투입이 없는 이 작은 공명기는 이해가 쉽지 않습니다."

"이 안에 장착된 공명 셀과 그 안에 내재된 프로그램이 핵심 기능이라고 하는데, 공명 셀이 인체의 바이오필드에 근접하면 바이오필드의 여러 파동 주파수와 공명하여 그 파동들을 회로를 따라 증폭하여 다시 바이오필드로 환원시키는 원리라고 합니다."

오 박사는 이 원리가 충실히 작동되도록 전자파가 차폐된 공간에서 테스트를 한 적이 있었으며 나타난 결과를 분석할 때 공명의 순도가 높아졌음을 확인했다고 하였다.

"인체에 변화를 주는 것은 강화된 바이오필드가 다시 인체 각 조직체인 세포, 분자, 전자 그리고 양자 단위까지 바이오코드에 영향을 미치기 때문입니다. 그래서 자기 파동력이 강해짐에 따라 생체통신이 잘되고 또 여러 형태의 노이즈를 제거해 주는 것으로 이해하면 됩니다."

결국 바이오필드를 강화시켜 주는 것이네. 그래서 바이오코드를 정상적으로 보전해주는 것이고⋯. 신경정신과 전문의 동료가 치료에 바이오필드를 이용하고 있다 하여 이에 관해 물어보기도 하였고 의학계의 이단아라고 하는 양자의학자들의 학술지도 읽어 보았기에 어느 정도 이해할 수 있었다. 또 도인에게서 바이오필드가 우리가 잘 아는 '기'하고도 밀접한 관계가 있고 내가 걸렸던 암과도 관련이 있다는 설명을 들은 바 있어 바이오필드라는 말은 그렇게 멀리 있는 개념은 아니었다.

그래서 나의 궁금증은 바이오코드 그리고 바이오필드 자체보다는 어떠한 원리로 이 작은 물건이 작동을 하는가에 집중되었다.

다음 날 만난 제이슨은 나의 관심을 반가워하면서 상세하게 설명해 주었다.

"학계에서는 이 기술을 SRT(Sympathetic Resonance Technology) 또는 QCT(Quantum Code Technology)라고 부르는데 아직 매우 단순하고 원시적 수준이지만, 자네도 이제는 이 기술이 바이오코드의 보존과 이에 따른 바이오 커뮤니케이션 향상에 도움이 될 수 있음을 인정할 거야."

SRT를 번역하면 교감공명기술일테고⋯ QCT라? 퀀텀코드기술⋯. 이것을 우리말로 바꾸면, 음⋯. 양자부호이론? 내가 생각해도 좀 엉성한 번역이라고 생각하며 나도 모르게 살짝 웃으며 그의 말에 고개를 끄덕였지만, 속으로는 의심 아닌 호기심이 더 커짐을 느꼈다.

'그래도 그렇지. 이 작은 기기가 바이오필드의 파동을 원동력으로 스스로 증폭시켜 환원해 주는 첨단기술을 활용한 장치라고? 그리고 그것이 인체에 역동적으로 영향을 미친다고? 그러기에는 너무 단순해 보이는 것을 어떻게 이해해야 하나?'

 ## 교감 공명기의 작동원리

제이슨은 틸레르 교수의 유명한 양자에너지 전환이론을 먼저 이해하는 것이 중요하다고 하였다. 그 내용을 요약하면 다음의 한 줄과 같다고 한다.

'순수한 미세 에너지는 자성벡터전위를 통해 공명 메커니즘으로 전환되어 물질의 전자장 현상에 영향을 줄 수 있다.'라는 것이다.

너무 어려운 설명이라 쉽게 다시 한번 설명해달라고 제이슨에게 부탁하였다.

"우주에는 무한한 에너지가 존재하지. 이 에너지를 사용하려면 특별한 장치가 필요한데 아직까지 완전하게 사용할 수는 없어. 하지만 틸레르 교수는 이것의 사용이 가능하다는 새로운 가설을 만든 것이야."

나는 갑자기 도인이 우주의 에너지를 이용하려면 특별한 전환 장치와 전달 장치 그리고 저장장치가 필요하다고 말했던 것이 기억나기 시작했다. 재촉하듯 그의 다음 이야기를 기다렸다.

"우주 에너지를 어떤 학자들은 미세 에너지의 한 종류로 분류하기도 해. 원래 미세 에너지는 그 에너지 파워가 작다고 해서 붙여진 이름이지만, 더 정확하게 말하면 우리가 사용하는 에너지와는 성격이 달라서 그 에너지를 측정할 수 없어서 붙여진 이름이야. 중요한 점은 이 미세 에너지를 우리가 사용하는 에너지로 전환시키면 그 에너지의 규모와 힘은 엄청날 것이라고 과학자들은 예측해."

내가 도인에게 우주 에너지를 더 받겠다고 했을 때 도인이 중동 석유 부자들이 굶어 죽는다고 농담하던 것과 지구의 에너지 문제는 다 해결된다고 하던 이야기가 생생하게 머릿속에 떠올랐다.

틸레르 교수는 이 미세 에너지를 특별한 자성벡터전위(magnetic vector potential)를 이용하여 공명하도록 한다면 물리적으로 이용할 수 있다고 주장하는 것이고 이것은 양자물리학으로 설명이 가능한 영역이라는 것을 주장해 왔다는 것이다.

'쉽게 설명한다고 해 놓고 마지막에 왜 이리 어려워지는 거야.' 그래도 정확한 뜻은 잘 모르겠지만, 내가 그토록 원하는 우주 에너지를 이용할 수 있는 과학적 이론이라고 하니 기분도 좋고 기대도 되고 하였다.

"이 이론에 입각하여 바이오필드, 노이즈와 같은 양자생물학 이론, 자성벡터이론과 교감 공명 이론과 같은 양자물리학 이론이 통합되어 독특한 생산 기술을 접목하여 장비를 개발한 것이야."

나는 이 말에 이제 에너지 문제는 끝났다고 생각하고 방정맞게 한마디 했다.

"그럼 인류의 에너지 문제는 다 해결되는 거야?"

제이슨은 크게 웃으면서 내 우문에 진지하게 답변하였다.

"그 수준까지 가려면 앞으로 50년은 더 있어야 한다는 것이 관련 과학자들의 분석이야. 다만 틸레르 교수는 그의 말대로 그가 설정한 몇 가지 가설에 입각한 이론에 근거하여 아주 초보적 수준의 양자파동 장치를 개발한 것이라고 해석하면 될 거야."

실망은 되었지만 그러면 그렇지, 그렇게 쉽게 되겠나 하면서 자조적으로 웃고 말았다.

"이미 말한 대로 틸레르 교수는 처음에는 전기적 장치를 이용한 파동 발진기를 만들어 물리적, 화학적, 생물학적 실험을 하여 그 결과에 만족하고 계속 연구하다가 갑자기 어릴 적 갖고 놀던 오목거울이 생각나더래. 거기서 인체 파동을 받아 반사하듯 집적하면 어떨까 하는 영감이 떠올랐다는 거야."

나도 어릴 적 오목 돋보기로 햇빛을 모아 종이를 태우던 기억이
났다. 햇빛에너지를 집적하여 화력을 발현하는 것처럼 파동을 집
적하여 방사한다는 것일지도 모른다는 생각이 들어 그의 이야기
가 점점 가까이 와닿았다.

|양자파동 치유기의 개념도|

위대한 발명의 원리는 의외로 간단할 수 있다. 에너지를 모아 집적하여 다시 되돌려
주면 된다. 그러면 인체가 알아서 한다. 왜냐하면 인간은 역동적 자생력을 갖고 있는
신비로운 생명체이기 때문이다. 이러한 원리를 이용하면 양자파동 치유기의 개발이 가
능하다.

"그는 인간의 바이오코드 정보를 가진 바이오필드의 양성파동을 집적 시켜 환원시킨다면 교감 공명에 의하여 바이오필드가 강화되면서 바이오코드의 본질이 보존된다는 것을 생각하게 된 것이야. 그래서 다양한 실험을 거쳐 결국 인간의 파동을 받아 집적하여 다시 반사하듯 환원시켜주는 장치를 만든 것이야. 이것을 기계학적으로 설명하면 인체 파동을 동력원으로 작동한다고 표현하는 것이고. 그것이 바로 이 납작하고 숟가락 머리만큼 작은 공명기인 것이지."

나는 제이슨으로부터 이 공명기가 나오기까지 다양한 물리학적 생물학적 시험을 거치며 이론을 검증하고 개인용 교감 공명기로 발전해 왔다는 이야기를 들었다.

멍한 느낌이다. 별로 대단한 것 같지 않은 이 작은 물건이 다양한 실험과 영감에 의해 탄생했다고 하니, 어이가 없기도 하면서도 한 번 더 내가 차고 있는 공명기를 손으로 쥐고 그간의 과정과 개발의 원리를 나름 정리하였다. '결국은 이 자율공명기를 다른 말로 표현하면 오목 거울과 같은 파동 집적 반사 장치이구나.' 위대한 발명도 소소한 관찰로 얻은 작은 아이디어에서 출발한다는 말이 맞구나 생각하며 틸레르 교수에 대한 존경심이 일어났다.

틸레르 교수의 이론에 따르면 파동 공명기는 다른 파동과 동조 공명을 통해 물질의 전자 흐름을 좋게 하고, 전자와 자성의 상호작용을 좋게 하며 분자 결합을 촉진한다는 것이다. 이것이 추후 그가 행한 실험 가설이라고 한다.

즉, 이론적으로 보면 미세 에너지의 파동 공명은 양자과정(quantum process)을 균일하게 하고 원자 이하의 단계인 양자층의 통합성 또는 응집성(cohesion)을 좋게 하는 기능을 발휘한다고 한다. 좀 어려운 내용이라 무슨 말인지는 잘 모르겠지만, 아는 척, 이해하는 척하였다.

제이슨은 내가 충분히 이해했다고 생각했는지 자기가 차고 있는 공명기를 꺼냈다. 그리고 연필을 들어 종이 위에 뭔가를 그렸다.

"이것이 내부 구조를 그린 그림이야. 이게 공명이 일어나는 셀(cell)이고… 튜닝보드(tuning board)이고… 그리고 이것이 파동을 증폭하는 코일(amplifying coil)이야."

그의 설명을 요약하면 다음과 같다.

증폭 반사식 교감 공명기라고 설명되는 이 기기는 내부에 바이오필드와 상호 교감 반응하는 동조 공명 셀이 내장되어 있다고 하였다. 이 공명 셀의 기능은 미리 선정된 바이오필드의 다양한 파동 주파수와 공명 과정을 거쳐 그 파동을 집적하여 마치 거울처럼 반사해 주는 것이다. 또한, 증폭 회로는 반사 과정에서 3차원으로 밀도 있게 증폭하여 우리 인체에 환원시켜서 바이오필드를 강화해 주도록 설계되어 있다는 것이다.

좀 어려워하는 나를 보고 제이슨은 다시 설명해 주었다.

"제일 핵심 기능은 바로 여기 조그마한 공명 셀이야. 여기에 모든 기술적 노하우가 다 집적되어 있다고 보면 돼. 사실 그 작용 메커니즘을 완전히 이해하기는 쉽지 않지만, 공학적 관점에서 보면 상당히 간단하게 설명할 수 있어."

"수정(quartz)은 진동자로 많이 사용되잖아? 우리 시계의 정확한 시침을 위하여 수정 진동자를 사용하고 있는 것처럼 말이야. 수정 진동자 회로는 전기공진을 이용한 것이고 전기에너지를 역학적 에너지로 전환하는 역압전 작용을 하는데, 이것을 이용해 우리 바이오파동의 전기에너지에만 작동되게 설계했다는 것이지."

수정이 주변 에너지와 반응하는 광석이라는 이야기를 들은 적이 있었기에 이해할 듯하였다. 결국 '수정체가 바이오필드의 파동과 고밀도로 반응하도록 만들어진 것이다.'라고 이해하니 좀 명쾌해졌다.

그렇다. 쉽게 생각하자.

'태양 빛을 오목 거울이 집적하여 눈으로 확인이 될 정도의 강력한 열에너지로 분출하듯, 바이오필드 파동을 수정으로 만들어진 진동체인, 공명 셀이 집적하여 강력한 파동으로 분출하는 아주 심플한 원리.'

이렇게 나름대로 결론을 짓고 나니 나도 물리학자가 된 기분이 들었다. 그리고 내 몸과 맘에 분명히 작용하는 것을 느끼기에 어려운 양자역학에 대한 부담감보다는 오히려 그 원리에 대한 학문적 매력과 실용성에 대한 호기심이 작동하기 시작하였다.

이런 생각이 머리를 스치는 순간 제이슨은 나를 툭 건드리면서 나에게 먼저 생체전자기에 관하여 조금 더 공부해 보라고 하면서 한 권의 책을 권하였다. 내용은 잘 모르겠지만, 생체전자기에 대한 연구의 흐름은 이해가 되었다.

 ## 생체전자기 의학

생체전자기 의학은 이미 1898년경에 미국전기치료학회에서 니콜라 테슬라가 「전기치료 및 다른 목적을 위한 고주파 발진기」라는 논문을 발표하면서 주목을 받기 시작하였다.

그리고 1922년 러시아의 알렉산더 구르비치는 자신과 그의 아내에게서 떼어낸 아직 살아 있는 세포들이 모체인 자신들의 세포와 정보를 교신하고 있다는 사실을 발견하였다.

그 후로 라이프 파동기에 이어 필라의 주파수 변조 전자기장 (PEMF) 발생기 등 수많은 연구와 응용이 이루어졌고 지금은 MRA 등 진단기, 고저주파 치료기 등이 일반적으로 사용되고 있으나 생체전자기학은 기존의 의학계와 많은 갈등을 가져왔으며 지금도 일부 갈등은 지속되고 있다.

생체전자기 의학의 난관

1934년 미국 남가주대학의 라이프 박사는 자신의 파동방사기를 이용하여 말기 암 환자 16명을 임상실험 한 결과, 모두 완치되었다고 발표했다. 이 사실을 확인하기 위해 특별의학위원회가 조사한 결과 사실임이 밝혀졌다.

그러나 미국의사협회는 '사이비' 치료 장비라고 고발하였고 오랜 재판이 시작되었다. 모든 보고서는 라이프가 개발한 치료 장비는 안전하다고 하였으나 미국의사협회는 판매 금지를 공표하였다. 그리고 라이프 파동기의 새로운 권리자인 존 크레인은 3년간의 징역 생활을 살았다.

물론 80년대에 들어와 생체전자기학이 발전하면서 현재는 파동치료기라는 것이 보편화되기 시작하였지만, 초기 연구자들은 많은 시련을 겪었다.

이 파동기를 통해 약 80%의 치료 성공률을 거둔 리빙스턴 휠러 박사는 1984년 『암의 정복』이라는 책에서 다음과 같이 토로하였다.

"완고한 의학계에서 이제야 그의 이론을 받아들이기 시작했다."

세포 간 교신과 교감 공명

생체전자기 의학의 역사까지 공부하면서 공명기의 작동원리에 대하여 개념적으로 이해를 더 할 수 있었다. 즉, 공명기의 기계적이고 물리적인 것은 내 전공 분야 밖이라 할지라도 내가 스스로 간단하게 요약한 '증폭과 반사 원리'로 충분하게 이해되고 설명되기 때문이었다.

한 가지 놀라운 것은, 1920년대 러시아에서 행해진 한 사람에게서 떼어 낸 세포를 떨어뜨려 놓아도 미미하지만 상호 교신이 일어나고 있음을 확인한 실험 결과이다. 세포의 교감 공명, 즉 세포 간 통신을 입증한 것이다. 이것은 다시 공명기와 바이오필드 그리고 생명작용에 대한 궁금증을 높여 주었다. 이것은 공명기의 물리적 작동원리로는 이해가 되지 않는 생물학적 영역이기 때문이다.

즉, 공명기의 셀과 다른 부속품들의 통합적 작용과정에 의하여 증폭되어 환원된 인체 파동이 인체, 즉 생명 과정에 어떻게 영향을 긍정적으로 주는지에 대한 궁금증이다.

며칠 지나 책도 돌려줄 겸 대화를 하고 싶어서 나의 요청에 의하여 저녁 식사를 같이하게 된 제이슨은 이에 대하여 설명해 주었다.

"증폭되어 환원되는 바이오필드 양성파는 바이오필드의 해당 채널의 파동 주파수와 교감적으로 공명 작용을 하는 것은 충분히 이해할 수 있을 거야. 동일한 주파수 대역의 파동이 공명하면 그 진동 파워가 증폭하게 되는 것은 이미 입증된 사실이고. 이 간단한 원리가 바로 파동 치유의 시작이야!"

갑자기 의대 생활을 다시 하는 기분이 들었다.

"교감작용을 통하여 우리 인체의 바이오필드의 파동력이 강화되면 당연히 바이오필드의 생체정보 전달기능이 좋아지는 원리로서 세포 간 정보통신, 즉, 바이오 커뮤니케이션이 좋아져서 인체에 긍정적 변화가 나타나는 거야."

내가 호주에 오기 전에 도인께서 내 아픈 몸을 맨손으로 진단하시며 병인을 유기체, 무기체 그리고 반기체의 세 가지 유형의 악성 인자로 규정하고 이것들이 우리 몸의 생체통신을 교란함에 따라 면역력이 저하되어 암을 포함한 병이 발생하는 것이라고 설명해 주시던 일이 기억났다. 당시 도인께서는 기공을 통하여 내 몸의 파동력을 높여서 그 악성 인자를 체외로 방출시켜 주었고 나는 곧 회복할 수 있었다.

제이슨은 내가 돌려주는 생체자기학 책을 가리키며 이야기하였다.

"러시아에서 행해진 세포 간 통신 실험에서 만일 이러한 공명기를 사용했다고 가정한다면 결과도 훨씬 더 잘 나왔을 것이고 아마도 양자의학의 시대도 당겨졌을 텐데…"

그 생각이 맞다는 생각이 드는 것을 보니 나도 이제 양자의학을 이해하고 옹호하는 사람이 되어 가고 있다고 생각했다. 그리고 이제는 의학적 차원에서 몇 가지 더 확인해 보고 싶었다.

"바이오 커뮤니케이션이 좋아진다면 어떻게 되는 거지?"

내가 생각해도 의사로서 당연히 알고 있는 내용을 질문한다는 것이 우문이라고 생각하면서도 확인, 아니, 재정리하는 차원에서 물어보고 싶었다. 제이슨은 다정다감한 사람이라서 그런지 친절하게 인내심을 갖고 설명해 주었다.

"바이오 커뮤니케이션이 원활해지면서 모든 세포는 바이오코드에서 나오는 인체 정보를 자유롭게 주고받지."

"일차적인 효과는 면역력 증강이야. 단적인 예로 감기나 독감에 잘 안 걸리는 경우이지. 순환 기능이 원활하지 않아서 발생하는 혈압, 알레르기, 간질, 부정맥, 가위눌림 해소 등의 현상도 긍정적으로 변하는 등 여러 면에서 보고되고 있어. 또 집중력, 스트레스, 평온함 등 여러 정신적 개선 현상도 나타나. 내 환자들에게서도 좋은 결과를 얻고 있어."

오래전 고혈압은 대부분 원인이 명확하지 않은 본태성으로 혈액이 말초혈관까지 산소와 영양분을 공급이 잘되지 않아 압력을 높이는 자율치유과정에서 나오는 현상이기에 고혈압보다는 이로 인한 부작용이 문제라고 설명하던 강 원장이 생각났다.

"부작용은 없을까?"

"웅. 일부 사용자에게서 일시적 현상은 나타날 수 있어. 사람마다 어지럼증, 미적거림, 찌릿함, 울렁거림, 졸림 등 몇 가지 현상이 일시적으로 나타나기도 해. 2~3주 후 적응하면서 이러한 현상은 곧 사라지게 돼. 이것은 막혀 있던 정보통신 체계가 정상화되는 과정에서 또 노이즈가 교감신경계에서 빠져나가면서 일시적으로 교감신경계가 흔들려서 생기는 현상으로 해석하고 있어. 하지만 아직까지 부작용에 의한 손상은 보고된 적이 없어."

그러고 보니 내가 이 공명기를 처음 사용할 때 약간 졸리기도 가슴 부분이 답답하기도 하였던 것이 기억이 나서 내 경험을 전하였다.

"처음에 약간 졸리던데…."

"그래? 평소 긴장이 누적된 사람에게서 많이 나타나는 현상이야. 긴장, 불안 상태에서 바이오필드에 누적 및 혼재된 각성 파동이 빠져나가면서 나타나는 현상으로 이해하면 돼. 이게 다 빠져나갈 때까지는 수면시간이 늘기도 하지. 3~5일 지나면 오히려 잠을 적게 자도 머리가 맑아지는 게 일반적이야."

정말 내가 그랬다. 영어로 진행되는 세미나에서도 집중력이 높아지고 아침에 이전보다 머리가 맑아졌음을 느꼈다.

나의 관심에 신이 난 제이슨은 가방에서 자료 몇 권을 꺼내더니 틸레르 교수가 초기에 개발한 공명기의 설명과 함께 그것의 물리화학적 실험과 그 후에 있었던 생물학적 실험 결과를 보여 주었다.

그런데 자료에 나와 있는 공명기는 지금 내가 사용하고 있는 오목 거울 반사 방식인 수동 형태가 아니라 커다란 탁상시계와 같은 크기의 전자 기체였다.

제이슨이 유럽학회에서 만난 챠플러 박사로부터 알게 된 파동 발진기에 대한 관심이 생기게 되었다. 후에 그것을 보기 위하여 틸레르 교수를 찾아가게 한 그 장비였던 것이다.

제이슨은 틸레르 교수가 그의 양자파동 가설과 이론에 입각하여 처음 개발한 기기는 전기를 동력원으로 특정 파장대의 파동 주파수를 발상하여 근접한 거리에 미세 에너지장(場, field)을 형성하도록 고안된 장치였는데, 제이슨이 그를 방문하던 시기에 틸레르 교수는 이것을 기반으로 자율적으로 특정 파동과 공명하는 소형 공명기를 개발하여 테스트 중이었고 그것이 오늘날 내가 사용하고 있는 공명기라는 친절한 설명을 가끔 멍청해 보이는 내게 한 번 더 해 주었다.

"틸레르 교수가 개발한 최초의 장치는 특정 파동을 인위적으로

방사하는 일종의 파동 발진기라고 보면 돼. 이 파동 발진기를 갖고
실험한 결과가 흥미로워."

그 내용을 요약하면 다음과 같다.

 물리화학적 실험

물리화학적 테스트를 위해 틸레르 교수는 학교 물리학 실험실에
서 레이저, 배터리, 음향기기에 대하여 각각 실험을 직접 실시하였
다. 그 결과, 레이저의 노이즈로 알려진 '지터'를 줄여 레이저 품질
이 향상되었고, 화학적 결합의 효율성을 높여 배터리의 수명이 크
게 늘어났다. 전자의 흐름이 좋아져 음향도 좋아졌다고 한다. 틸레
르 교수의 가설이 증명된 것이다.

양자이론 가설

미세 에너지는 자성벡터전위와 연결된다. 그래서 벡터는 미
세 에너지 속성이 전자장(EMF) 현상에 영향을 주도록 하는 매
개체이다.

공명 과정을 통하여 양자장(Quantum Field) 상호작용을 변화
시킴에 따라 원자 이하의 입자 현상에 영향을 주는 속성을 갖

고 있는 것으로 여겨진다. 그래서 이러한 속성은 자성 현상과
같은 물리적 에너지에 변화를 줄 수 있는 것으로 여겨진다.

 생물학적 실험

물리화학적 실험 결과에 고무된 연구진은 생물체도 하나의 전자
기체적 조합이므로 생물체에 대해 미세 에너지를 적용하기 위한
연구를 진행하였다.

억제효소, 병원체의 진핵세포와 인간의 각질세포, 종양세포
(HeLa) 그리고 정상 세포인 섬유아세포에 대한 파동 에너지 반응
에 대한 생물학적 실험을 진행하였다.

실험은 얼바인 소재 캘리포니아 대학 생물학 실험실과 오스트리
아 빈 대학 암 연구소에 의뢰하여 실시하였다.

얼바인 생물학 실험실의 실험 결과는 억제효소와 종양세포의 양
육을 저해하는 것으로 나타나 인체에 이로울 것이라는 결과가 도출
되었다. 그리고 병원체의 감염성 억제효과가 뚜렷하게 나왔으며 재
실험을 하여도 동일한 결과가 나왔다고 한다. 이것은 면역력을 높여
준다는 이야기이다. 인간의 각질 세포를 억제하는 것으로 나타나 외
부 침입자에 대한 대항력을 높인다는 가능성도 확인하였다.

캘리포니아 대학교 생물학 연구소

미세 에너지장인 스칼라에너지파가 인체의 암세포에 미치는 연구를 실행하였다. 스트레스, 즉 노이즈 인자로 미토마이신 C라는 DNA 변형 및 세포 파괴를 유도하는 화학물질을 사용하였는데, 정상 세포와 암세포가 다른 결과를 보인 것이다.

동조 공명기의 전자장치에서 방사되는 미세 에너지장에 노출된 정상 세포는 화학적 스트레스와 세포 사망으로부터 보호된 반면에 암세포에는 보호 작용이 작용하지 않았다는 점이다. 물론 이 연구는 예비임상 결과이지만, 암의 치료와 보조 기구로서 파동 발진기개발의 필요성을 제시하고 있다.

빈 대학교 암 연구소의 인체 세포 실험 결과도 캘리포니아 대학의 연구 결과를 지지하고 있었다. 파동 에너지에 의하여 발생한 미세 에너지가 정상 세포와 암세포 중 정상 세포에게만 선별적으로 영향을 준다는 것으로 밝혀졌기 때문이다.

빈 대학교 암 연구소

스트레스, 즉 노이즈 인자로 미토마이신 C라는 DNA 변형 및 세포 파괴를 유도하는 화학물질을 사용하였는데, 징싱 세포와 암세포가 다른 결과를 보인 것이다.

파동 발진기의 미세 에너지장에 노출된 정상 세포는 화학적 스트레스와 세포 사망으로부터 보호된 반면에 암세포에는 보호 작용이 작용하지 않았다. 물론 이 연구는 예비임상 차원이지만 암의 치료와 보조 요법으로 동조 공명이 도움이 된다는 가능성을 보여 주고 있다.

나는 인간 세포에 대한 미세 에너지의 공명효과에 관한 연구 결과를 보면서 암으로 고통스럽던 시간이 일련의 드라마처럼 떠올랐다. 암 수술을 집도했던 친구는 암에 대해 이렇게 설명했었다.

"세포가 독성이나 내부적 요인에 의해 손상되면 자살 프로그램이 자동으로 작동하지. 이것도 항상성 시스템의 하나야. 손상됐거나 늙은 세포는 스스로 죽고 자가포식이 일어나며 그것을 채우기 위하여 새로운 세포가 자리 잡아. 그런데 그 자살 프로그램이 잘 작동하지 않아 세포가 무한정으로 증식하는 일이 벌어지는데 이게 암 발생의 주요 원인 중 하나야."

내가 암에 걸렸을 때 조선대학교에서 새로운 암 생성이론을 발표한 적이 있었는데, 그때는 그것이 잘 이해가 되지 않았지만, 지금은 이해가 되었다. 이것을 요약하면 다음과 같다.

내외부적 생리 자극으로 세포 분열 억제가 일어나 유전자 복구 시스템이 무너지면서 암이 생긴다는 것이다. 보통 세포는 유전자가 손상되면 스스로 복구한다. 자가포식도 그 작용 중 하나이다.

예를 들어, 내가 면도하다가 칼에 살이 베이면 그 상처가 이 시스템에 의해 아무는 것이다. 그런데 나이를 먹거나 여러 요인으로 바이오 커뮤니케이션이 잘 이루어지지 않으면 세포분열과 자가포식 기능이 줄어들게 되고 그 결과 바이오코드가 망가짐에 따라 유전자 복구 시스템도 덩달아 망가지게 된다. 그래서 면역력도 떨어지게 되고 견디다 못해 결국 정상 세포에 돌연변이가 생겨 암으로 변하거나 바이러스가 체내에서 증식하여 위험에 처하게 되는 것이다.

이 말은 어렵게 들리지만 명료한 점이 있다.

달리 표현하면 나이를 먹으면 항상성 유지 능력이 떨어진다는 내용이다.

나도 의사지만 이것으로는 부족하여 도인에게 가서 물어본 적이 있었다. 그때나 지금이나 도인은 정말 도통하신 분이라는 생각에는 변함이 없다.

암세포는 노이즈라는 놈이 인체 내 공명 시스템을 교란하는 바람에 일부 세포 기능이 약해져서 노이즈와 친하게 지내려는, 즉 노이즈와 동조 공명하며 자라라는 돌연변이 세포라고 하던 도인의 말이 머릿속에서 빙빙 돌기 시작했다.

그래. 공명이야. 자연적이고 순수하고 고유한 내 세포들이 노이즈에 의하여 공명작용이 교란되고 약해진 거야. 그래서 엉뚱한 놈하고 교감하며 공명하는 세포가 생겨난 것이지. 항상성 능력이 한계에 부딪혀 자연적으로 암세포가 생긴 것이야. 나이 먹으면 항상성이 떨어지니 당연히 암에 걸릴 확률이 높아지는 거고. 교감 공명이 좋아지면 스트레스 노이즈를 이겨낼 수 있었을 것이야. 그리고 암도 안 걸렸을 것이고… 당연히 면역력이 증강하여 독감도 대상포진도 잘 이겨내고 하는 것이야.

갑자기 눈이 밝아지고 새로운 세상이 보이는 것 같았다.

바이오필드 메커니즘

제이슨과의 만남은 나에게 양자의학, 아니, 좀 더 정확하게는 파동 의학이라는 학문에 눈을 뜨게 해 주었다.

나는 바이오필드에 대해 이미 어느 정도 알고 있었지만, 제이슨으로부터 다시 한 번 더 설명을 듣고 싶었다.

바이오필드는 생물학적 용어지만 이해하기 위해서는 물리학적 전문지식을 요구한다. 제이슨은 학부에서 물리학을 전공해서 그런지 내가 알고 있는 어느 신경정신과 의사보다 바이오필드가 어떻게 작용하는지에 대해 잘 알고 있으리라 생각했기 때문이다.

그는 마치 평소에 강의 준비가 다 되어 있는 듯, 바이오필드 메커니즘을 첫째, 둘째, 셋째 그리고 넷째로 구분해서 속사포같이 빠른 속도로 설명하였다.

무슨 말인지 하나도 못 알아들어서 노트에 적어 달라고 했다. 설명의 내용이 아니라 이것은 완전히 영어의 문제였다. 여느 의사와 마찬가지로 제이슨도 알아보기 힘들게 휘갈겨 써 주었다. 써준 내용을 찬찬히 그의 보조를 받으면서 읽어 보았다.

1) "바이오필드는 생명체의 구성 요소들의 전자장들을 중첩시킨 복합적, 역동적 전자장이다."

2) "그리고 각기 전기적으로 충전되고 행동하는 생명체의 구성요소들에 의해 이루어지는 항상 역동적 생명 과정과 전자장의 변동이다."

3) "이로 인해 만들어지는 전자장은 생명체의 내부와 외부를 둘러싸는 복합적인 역동적 양성파 에너지로서 정보를 갖고 있다."

4) "그래서 항상 역동학적 생명 과정을 비선형적으로 작용하는 것이다."

역시 나는 영어의 듣기능력보다 독해력이 좋은가 보다. 훨씬 개념이 잘 잡혔으나 앞의 1)과 2)에 대해서는 좀 알고 있지만, 전체적으로 연결이 잘 안 되었다.

그래도 자존심이 있기에 끄덕거리며 모든 것을 이해하는 척했지만, 제이슨은 나의 무지함을 눈치챘는지 1)을 가리키며 간략하게 설명을 더 하였다.

"다시 설명하면 인체 정보, 엄밀하게 이야기하면 바이오코드를 담고 있는 눈에 안 보이는 구름 같은 존재라고 생각하면 될 거야. 이 정보 구름은 우리 몸의 안과 밖에 걸쳐 있어. 누구는 이 구름 같은 것을 오로라라고 하지. 그러나 개념은 비슷하지만, 꼭 그런 것은 아니야."

그리고 계속 이어 나갔다.

"이 정보 구름이 어떻게 만들어지는지 알 필요가 있어. 우리 몸의 각 세포는 전기장을 갖고 있거든. 세포뿐만 아니라 분자, 원자, 전자 그리고 그 최저 단계의 양자 수준까지 모든 물질은 전기장을 갖고 있어. 이 전기장들이 모두 모여 통합되어 우리 몸의 안과 밖에 구름같이 형성되어 있는 것을 바이오필드라고 이해하면 되지."

| 바이오필드의 개념도 |

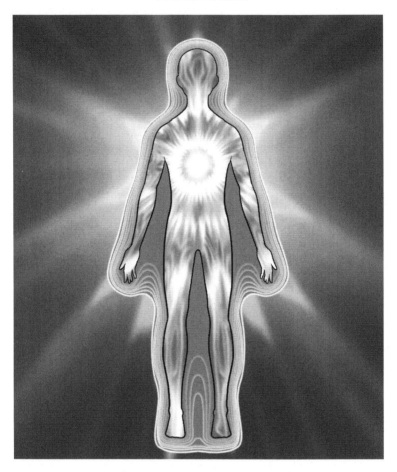

　우리 가슴의 양 유두 사이의 중간 지점을 중단전이라고 일컫는다. 에너지장 분석
용 키를리안(kirlian) 카메라로 인체를 촬영하면 바이오필드는 중단전을 중심으로 인
체의 말초기관까지 우리 몸을 따라 형성하는 것으로 나타난다. 바이오필드는 바이
오코드를 온전하게 하고 여기서 나오는 몸과 맘의 정보를 세포 간에 매개하는 역할
을 한다.

이것이 그가 써 준 4개의 문장 중 1)에 해당하는 설명이었다.

그의 문장 중 2)에 해당하는 것은 비교적 쉽게 이해가 되었다. 바이오필드는 생체 전기장으로서 각 인체 구성 요소들의 변화에 대하여 반응하고 이에 따라 변동한다는 것이다. 그 반응과 변동이 항상성을 유지하기 위함이라는 것도 이해하고 있다.

인체의 세포, 분자, 원자 등은 모두 항상성 생명 과정을 역동적으로 하고 있다는 내용이 추가되어 있을 뿐이다.

내가 면도하다 베인 피부를 복원하는 경험을 통해, 그리고 주로 동양의학의 임상이 자기 치유력 회복이라는 데 근거를 두고 있다는 정도는 알고 있어서 그가 적어 준 2)에 해당하는 내용은 비교적 쉽게 이해할 수 있었다.

그는 3)-'양성파'를 설명하려다가 갑자기 엉뚱한 이야기를 하기 시작하였다.

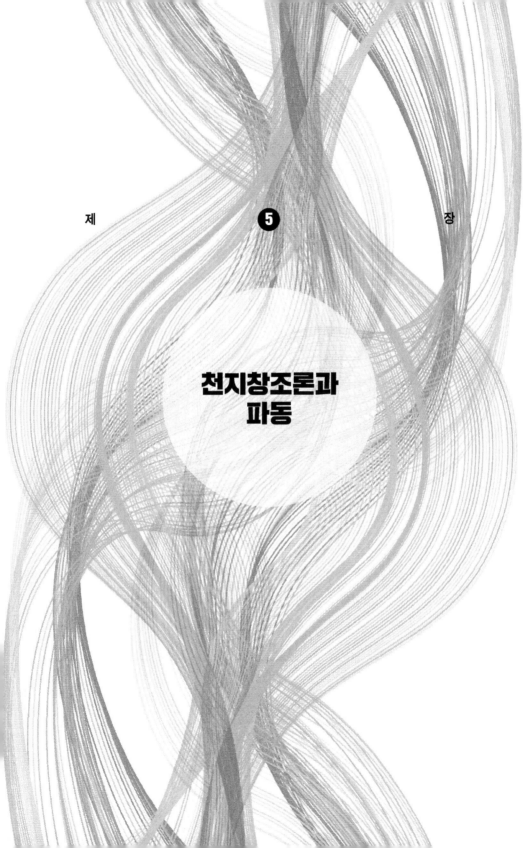

제 ❺ 장

천지창조론과
파동

스스로 존재하는 태초의 에너지

"우리 인간은 태초에 순수함 그 자체였어. 그 순수성을 이해하는 것이 매우 중요해. 그 순수성을 이해하려면 우주의 비밀을 알아야 해."

인간의 순수성과 우주의 비밀이라고? 나는 이상한 생각이 들었다. 이런 나를 아는지, 모르는지 그의 이야기는 계속되었다.

"신은 태초의 에너지원이자 스스로 존재하는 에너지이자 그 에너지를 조절하는 절대자야."

신이 에너지라고? 처음 듣는 이야기인데. 나는 호기심이 발동하기 시작하였다.

에너지의 분화

"신은 제일 먼저 하늘과 땅을 만드셨지. 그런데 이 하늘과 땅은 지금 우리가 의미하는 하늘과 땅이 아니라 바로 에너지의 성격을 둘로 나누신 거야. 나중에 그 성격에 대해 이해하게 될 거야(창세기 1장 1절)."

"그런데 이 성격이 다른 에너지인 하늘과 땅은 더욱 기본적인 형태의 물과 함께 어우러진 혼돈 상태였고 신은 계속 에너지 바다

(물) 위로 운행하시며 물결을 일으키셨어(1장 2절). 이 물결 파동이 튀어 나가면서 파동 에너지(빛)가 된 것이야(1장 3절). 한 형태의 에너지가 다른 형태의 에너지로 전환된 것이지."

침이 꼴깍 넘어갔다.

"이 에너지는 오늘날 우리가 접하는 빛 에너지와 성격은 다르지만, 빛의 근원이라고 할 수 있어. 그래서 빛은 태초의 에너지와 비교적 가까운 형태를 가졌어."

"마치 신은 보이지 않지만, 주변과 우주를 통해 신의 존재를 느끼듯이 말이야⋯. 빛 자체는 안 보이나 빛이 다른 것을 보이게 하지. 그래서 우리는 빛을 알게 되는 것이고⋯. 빛 에너지는 물리적 열에너지를 동반하기도 하지. 빛은 입자이며 파동이야. 미세 에너지가 입자이면서 파동의 성격을 가진 것처럼 말이야."

나는 숨이 막혔다.

이 말을 들으면서 학계의 원로이신 모 교수님의 강연이 생각났다. 우주는 무한대의 에너지 바다이며 여기서 나오는 에너지가 미세 에너지라는 내용이었다. 당시에는 이 강연 내용이 황당하다고 생각했지만, 지금은 머릿속에 차분히 정리되는 것 같았다.

제이슨은 에너지에 대한 설명을 계속하였다.

"데이비드 봄이라는 물리학자는 태초에 초양자장이 있었고 이것이 분화되어 모든 물질과 정신이 만들어졌다고 하지. 그리고 클랑크라는 학자는 절대영도에서는 노이즈가 사라지고 노이즈가 없는 에너지가 존재하는데, 이 에너지를 '영점에너지(zero point energy)'라고 불렀어."

그는 계속 이야기를 이어 나갔다.

"고전 물리학에 의하면 절대온도에서는 진공이 된다는 거야. 진공상태에서 에너지가 존재할까 하는 의심을 가질 수 있는데, 진공이 유지된다는 것 자체가 어떤 에너지에 의해서 그러지 않을까 하는 과학적 추론이 시작되었지. 즉, 진공을 진공상태로 유지하는 에너지가 존재하지."

뭐 진공을 유지하려면 에너지가 필요하다고…. 비슷한 이야기를 도인에게서 들었던 기억이 난다. 그리고 틸제이슨이 전해준 틸레르 교수의 글도 읽어 보며 점점 내가 알지 못하는 양자 세계에 빠져들었다.

에너지 바다와 미세 에너지

양자이론에 의하면 우주의 진공은 무한대의 에너지로 충만해 있는 에너지 바다이다. 그런데 이 에너지 바다는 항상 요동치고 있기 때문에 이러한 현상을 영점요동(zero-point fluctuation)이라고 부른다.

이러한 영점요동에서 소립자는 출현과 소멸을 반복하는데, 그 출현과 소멸하는 데 걸리는 시간이 너무 짧고 그것이 존재하는 순간이 너무나 짧기 때문에 '가상입자'라는 말로 표현한다. 어쨌든 우주의 에너지 바다에서 출몰하는 이 소립자가 출처가 되어 우주를 구성하는 '에너지'가 되기도 하고, 우주를 구성하는 '물질'이 되기도 하며 또 '정신적인 존재'로 발전하기도 하는 것이다.

그리고 소립자는 진공으로부터 출현과 소멸을 반복한다. 소립자는 출현과 동시에 파동을 동반하는데 이는 마치 수면 위에 돌을 던지면 돌이 수면에 닿을 때마다 파동을 일으키는 것과 흡사하다. 그래서 양자물리학 개념에 의하면 소립자는 입자와 파동의 이중 구조를 갖는데 이런 이중 구조 때문에 소립자는 특이한 에너지 상태를 가짐과 동시에 특이한 파동을 갖는다고 말한다.

정리해서 말하면 우주의 진공은 영점에너지의 바다로 충만해 있고, 이 에너지 바다에서 미세 에너지가 기원한다고 보면 될 것이다. 그래서 미세 에너지는 영점에너지에서 순간적으로 출몰하는 가상입자이며 이 입자는 입자와 파동의 이중성을 갖고 있다.

제이슨의 설명은 계속되었다.

"이 에너지는 우리가 사용하는 일반 물리적 에너지가 아니라 초양자적 에너지라고 해. 그리고 이 초양자 에너지는 영점에서 입자와 파동으로 바뀌는 '0점 파동'의 상태로 존재하지. 그리고 이 에너지를 다른 이름으로 미세 에너지라고 부르기도 해."

"이러한 초양자 에너지 이론에 근거하여 천지창조론을 재해석한 것이야. 신의 액체 에너지 덩어리 위를 운행하신 이유는 에너지 상태의 전환을 위한 것으로 해석하고 있어. 즉, 태초 에너지인 신의 영이 액체 파동을 일으킴에 따라 액체 에너지는 파동 에너지인 빛으로 전환되어 갔다는 것이 현자들의 해석이야."

나는 재촉하는 눈으로 계속 그를 응시하였다. 제이슨은 알았다는 듯이 이야기를 계속 진행하였다.

음양의 탄생

"신은 빛 에너지를 만드신 다음에 만족해하시며 이 에너지를 하나는 '밝음' 또 하나는 '어두움'으로 분화시켰지(3장 4~5절)."

빛이 하나는 밝고 하나는 어둡다는 게 순간적으로 잘 이해가 안 되었다. 내가 어떻게 생각하는지를 아는 듯이 제이슨은 설명을 이어 나갔다.

"여기서 빛은 우리가 접하는 빛하고 비슷하지만 약간 개념을 달리해. 빛은 밝다고만 생각하지. 하지만 가리면 금방 어두워지잖아? 어둠은 성격이 정반대인 에너지이고 빛처럼 파동과 입자 성격을 동시에 가진 형태의 에너지로 이해하면 좋을 거야."

나는 이 이야기에 학부생 시절 '과학사' 시간에 양자물리학자인 플랭크 교수가 1920년경에 최초로 양자를 발견하여 노벨물리학상을 받고 몇 년 후 아인슈타인이 '빛의 입자설'로 노벨상을 받았다고 공부했던 기억이 났다.

"놀라움은 동양의 물리학에 있어. 그 오래전 현대의 양자물리학이 조금 밝혀낸 우주 탄생과 생성 그리고 작동의 원리를 개념적으로, 그것도 아주 논리적이고 과학적으로 정리해 놓았다는 것이지."

이것은 또 무슨 소리인가? 왜 갑자기 동양 학문이 나오는지 하는 생각이 채 끝나기도 전에 제이슨은 계속 진행하였다.

"이 '밝음' 에너지와 '어두움' 에너지는 자네들 동양인이 이야기하는 '양(陽)'과 '음(陰)'이고, 이 양(+)과 음(-)이 조화하여 다양한 물질과 의식을 만든 것으로 해석하면 돼."

"즉, 최초의 의식은 (+)와 (-)야. 둘 다 정반대의 성격을 갖고 있거든. 그리고 이 음양에 따라 에너지는 나무(목), 불(화), 흙(토), 쇠(금), 물(수)의 5가지 기본 원소를 창출했다고 하지. 동양에서는 이미 오래전부터 물질의 화합작용을 오행(五行)이라고 명명해 왔다는 것에 놀라지 않을 수 없어."

아, 음양오행론. 제이슨은 참 아는 것도 많다고 생각했다. 그는 성경의 창세기와 동양의 음양오행론이 모두 일관된 방향으로 설명하고 있다고 하였다.

"인간뿐만 아니라 모든 생명체는 이러한 음양 원리에 의해 생성되었어. 신은 음양일체의 존재이거든…. 그리고 각 개체는 목, 화, 토, 금, 수의 비율에 따라 각기 성질을 달리하는 생명체로 태어나고 진화해 온 거야."

"그리고 생물체마다 음양오행의 구성이 각각 달라. 사람도 누구는 나무(木)가 많고 누구는 흙(土)이 많고 하는 거야. 여자는 음(陰)이라고 하지만, 여자마다 음의 강약이 다르지."

체질 의학과 파동

제이슨은 나를 지그시 쳐다보며 나도 조금 알고 있는 우리나라 고유의 8체질(八體質) 의학을 이야기하기 시작하였다. 한국에서 1960년대에 음양오행론에 따라 사람의 체질을 8개로 분류하는 학문이 생성되었고 이에 따라 각자의 체질에 맞는 약과 음식 처방 그리고 침술을 달리하고 있음을 이야기하였다. 나는 제이슨과 이야기할 때마다 그의 폭넓은 지식에 계속 놀라워했는데, 8체질 의학까지 거론하는 제이슨에게 경의를 표하지 않을 수 없었다.

내가 암에 걸려 고생하던 시기에 혹시 나는 암이 잘 걸리는 체질이 아닐까 하는 생각이 들어서 강 원장이 병문안을 왔을 때 체질에 관해 물어본 적이 있었다. 강 원장이 세상 모든 물질은 5대 원소(나무, 불, 흙, 금속, 물: 木火土金水)로 구성되어 있는데, 그 구성비가 사람마다 다르기에 체질에 따라 한방 처방을 달리한다고 말해 주었던 것을 기억했기 때문이다.

강 원장은 그때 같이 왔던 조 선생이 8체질 의학의 창시자이며 한의사인 권 박사의 제자라며 자세한 것은 조 선생하고 이야기를 나누어 보라고 권하여서 퇴원 후에 그를 다시 만나 체질에 대하여 잠깐 공부한 적이 있었다.

그의 설명을 들으며 아마도 천수를 누리던 원시인들은 그렇게 섭생하지 않았을까 생각하기도 했었다. 나는 자연스럽게 그에게서 공부한 8체질 의학을 다시 떠올려 보았다.

"우리 몸의 장부(臟腑)는 오행과 각각 상응합니다. 이것이 우주의 원리이자 창조의 원리이겠지요. 나무(목)는 간장과 담, 불(화)은 심장과 소장, 흙(토)은 위장과 비장, 쇠(금)는 폐와 대장 그리고 물(수)은 신장과 방광, 이렇게 상응합니다. 장(腸)은 음이고 부(腑)는 양이기에 각 오행은 음양과 연결되어 있습니다. 이렇게 우리 몸은 오행과 음양이 어우러져 있다고 보시면 됩니다."

이렇게 이야기를 시작하여 강 원장이 설명해 준 것처럼 잘 알아

듣기 어려운 용어를 사용하며 사람마다 장부 에너지의 인자와 성격이 다름을 설명하였다.

"8체질 의학에서는 5장(간, 심, 비, 폐, 신)과 5부(담, 소장, 위, 대장, 방광)의 에너지 파동이 각각 상대적으로 달라, 과소가 존재하기에 그 배열을 8개로 정리함에 따라 체질을 8개로 구분하고 있습니다. 이것은 단순히 배열, 즉 서열만을 기준으로 분류한 것이지, 만일 장부별 에너지 과소의 크기까지 고려하면 100조 개가 넘는 체질 분류가 나오겠지요."

"8체질 의학은 오행 중 화기(火氣)를 생명작용의 기본에너지로 삼는 심오한 원리에 입각합니다. 생명의 시작이자 창조의 원천으로 해석합니다. 그래서 심장과 소장은 불처럼 뜨겁기 때문에 암이 생기지 않고 우리 몸의 혈관계와 소화계를 작동시키는 원천이 되는 것입니다."

"그래서 8체질에서는 화를 뺀 '목토금수'의 4가지 에너지 서열만 음양으로 구분합니다. 그래서 사람 체질이 목체질, 토체질, 금체질, 수체질로 그리고 음양에 따라 구분되어 총 8개 유형으로 구분되는 것이지요."

"여기서 신비로움은 음과 양의 교체에 있습니다. 예를 들어 목양 체질은 목-수-화-토-금에 따라 다소가 배열되는데, 음의 장기를 기준으로 간장(肝)→신장(腎)→심장(心)→췌장(膵)→폐장(肺)으로 배열됩니다. 이에 반하여 목음은 목-화-토-수-금에 따라 양의 장기인

담낭(膽)→소장(小腸)→위장(胃腸)→방광(膀胱)→대장(大腸)으로 배열됩니다. 같은 원리로 수양(水楊)은 수-금-목-화-토의 장(臟) 배열에 따라, 수음(水陰)은 수-목-화-금-토의 부(腑) 배열에 따라 과소가 정리됩니다."

"양체질은 음장기로, 음체질은 양장기로 배열을 정하는 것이지요. 이것은 음양의 작용 방향, 즉 음은 양으로 양은 음으로 작용하고 오행 또한 각각 상생상극의 원리를 갖고 있기 때문입니다. 예를 들어, 물은 나무를 살리지만(水生木) 불을 끕니다(水克火). 이처럼 금속은 흙 속에서 나오고(土生金) 금속은 나무를 베지요(金克木). 이렇게 상호작용에 의하여 우리 인체는 생명작용을 하게 되는 것입니다."

음양오행과 8체질

8체질 의학은 사람을 목양(木陽)-목음(木陰), 수양(水陽)-수음(水陰), 토양(土陽)-토음(土陰), 금양(金陽)-금음(金陰)의 8가지로 구분하고 체질마다 섭생과 침술을 달리한다.

체질	오행 배열	장부 배열
목양	목수화토금	간신심비폐
목음	목화토수금	담소위방대
토양	토화목금수	비심간폐신
토음	토금화목수	위대소담방
금양	금토화수목	폐비심신간
금음	금수토화목	대방위소담
수양	수금목화토	신폐간심비
수음	수목화금토	방담소대위

"그러니 사람마다 태어날 때부터 체질이 달라 발현되는 인체 파동도 다른데, 동일한 약과 음식에 달리 반응하는 것은 당연하다고 할 수 있습니다."

조 선생은 지금도 8체질의 이론에 근거하여 다양한 실험을 하여 얻은 결과를 바탕으로 8체질 섭생법을 현대화하여 국내외적으로 보급하는 데 심혈을 기울이고 있다.

내가 그에게서 공부하고 들은 이야기를 제이슨에게 압축하여 설명하자 제이슨은 즉시 이것을 현대의학으로 다시 정리해서 내게 이야기하였다.

"그래서 사람은 각각 다른 고유의 DNA를 갖고 있고 이에 따라 각각 다른 바이오코드를 갖고 있는 거야. 이 바이오코드가 바이오 필드의 파동을 결정하는 거고. 그래서 사람마다 파동의 진동수와 파장이 다른 거지."

여기까지 이야기한 제이슨은 미래 의학은 바이오코드를 어떻게 푸느냐에 달려 있다고 강조하였다. 사람마다 바이오코드가 다르니 약뿐만 아니라 음식도 처방이 달라져야 하는 것이 당연한데, 현대 의학은 아직 DNA 해석의 초기 단계에 머물러 있어서 이 부분을 상당히 간과하고 있다고 한탄했다.

나는 그러한 제이슨의 모습을 보면서 우리나라의 8체질 의학에

자부심을 느끼면서도 아직 보건당국 및 현대의학계에서 논거가 부족한 일종의 민간요법으로 과소평가하고 있는 현실이 한탄스럽다는 생각이 들었다.

 ## 파동과 공명하는 물의 정체

며칠 뒤 다시 만난 제이슨은 갑자기 물(water)의 의미에 대해서 강조하기 시작하였다. 천지창조론을 제대로 해석하려면 물의 성격을 잘 이해해야 한다고 강조하면서 그의 이야기는 끝없이 전개되기 시작하였다.

"물은 얼면 고체가 되지. 다른 물질은 보통 액체에서 고체로 변하면 분자와 원자의 밀도가 높아져 무거워지지만, 언 물은 그 반대로 가벼워져서 자네도 잘 알듯이 물 위에 그냥 뜨지. 물은 액체 상태에서 분자는 10만 배나 활발해져 간격이 줄어들어 밀도가 높아지지만, 반대로 고체가 되면 밀도가 넓어지기 때문이야."

"물은 다른 물질을 녹이고 그 물질을 전달하는 기능이 있어. 에너지도 물질로 해석하는 것이 양자역학이야. 그래서 물에는 에너지도 담길 수 있다는 것이야."

설탕이 물에 녹는 것은 그림이 그려지지만, 에너지가 녹아 들어간다는 것은 좀 바로 이해가 되지 않았다. 하지만 태초의 액체 에너지에 대해 어느 정도 이해도 하고 했으니 그럴 수도 있겠다고 생각했다.

제이슨은 창세기 설명으로 다시 돌아갔다.

"이러한 개념에 근거하여 창조론을 재정리하면 태초의 물은 엄청난 에너지를 가진 물이었으며 신은 이 액체 위를 운행하시어 파동을 일으켜 태초의 빛 에너지를 만드신 것이야. 그리고 이 액체는 양과 음 에너지에 의해 다시 분화되어 우주가 생성된 것이야. 그리고 에너지가 빠져나간 액체는 지구와 우리가 아직 알지 못하는 우주 공간으로 흩어지고 지구에서 우리가 매일 마시고 사용하는 물이라고 보면 돼. 창조가 마무리됨에 따라 비와 눈, 강-호수-바다 그리고 생명체의 수화 작용 등 물의 순환 체계가 그 후에 이루어진 것이고."

내가 지금까지 아는 것은 일반 물리학자나 지구학자들의 주장과 같이 지구가 형성되는 과정에서 마그마가 식으면서 그 속의 수소가 수증기가 되고 비가 되어 바다를 이루면서 물이 생겨났다는 것이었다. 하지만 제이슨의 새로운 천지창조론을 들으면서 '그러면 수소는 어디서 난 거야?'라는 의문이 생겨나기도 하였으나 지금까지 제이슨과 함께 공부한 게 있어서 그런지 수소도 태초의 액체 에너지를 구성하는 한 요소였겠지 하고 스스로 해석하였다.

물과 우주

성경을 문자 그대로 해석해도 신은 물을 아래와 위로 나누었다고 하였다. 고전물리학적으로 해석하면 아래의 물은 지구로, 위의 물은 우주로 나뉘었다고 볼 수 있다.

실제 미국의 프랑크 박사는 인공위성 사진을 분석하여 우주에는 물과 얼음덩어리인 소행성이 무수히 많으며 지금도 지구로 떨어지고 있다고 주장하였다.

물이 우주로부터 왔다는 가설은 미국 NASA에서도 어느 정도 인정하고 있다고 한다.

갑자기 한국에 있을 때 읽었던 에사토 마사루라는 일본 파동학자가 물이 파동에 반응하여 변화하는 모습을 찍은 책이 생각이 났다. 그래서 나도 물에 대해 아는 척하려고 했는데 제이슨은 시계를 보더니, 환자가 기다린다며 서둘러 일어섰다.

나는 자리에 혼자 오래도록 멍하니 앉아 있었다. 여러 상념에 잡히면서 한 일본인 파동 연구자가 물의 결정체를 사진으로 찍은 그 책을 회상하기 시작하였다.

물에게 감사하다고 말하거나 심지어 감사하다는 글씨를 보여 주고 물 결정체 사진을 찍어 보니 매우 아름답고 좋아하는 모습으로 나타났다. 물에게 나쁜 놈이라는 말이나 글씨를 보인 다음에 촬영한 사진은 물이 무척 망가져 있고 피폐해져 있었다. 그 작가는 물은 모든 파동과 공명하기 때문에 좋은 파동(칭찬, 사랑, 애정, 축복)과도 공명하며 나쁜 파동(야단, 욕, 미움, 저주)에도 공명한다고 하였다.

그래서 물은 그 파동의 성질에 따라 변한다고 하였다. 마치 물이 그 담긴 잔에 따라 모양을 달리하듯이 말이다. 왜 갑자기 이 생각이 났는지 생각해 보니 신이 수면 위를 운행하시며 파동 에너지를 만드셨다는 제이슨의 설명 때문이었나 보다. 집에 돌아와 성경책을 꺼냈다. 갑자기 알지 못하는 지혜가 밀려온다.

지구의 창조

다음 날 제이슨은 창조론에 관한 이야기를 이어 나가기 시작하였다. 밤사이에 나도 지혜가 커져 중간중간 끼어들 수 있었다.

"신은 '음'과 '양' 에너지를 만드신 후에 2단계로 '음'과 '양'에너지를 교차시키며 남아 있던 에너지 덩이인 물, 즉 액체 에너지를 위와 아래로 가르시고 그 가운데 창공을 두시었지. 위의 물 에너지로 우주를 만들고 유지하는 에너지로 보존하시고 아래의 물 에너지로 지구와 수많은 별과 물질을 만드셨어. 물 에너지가 수많은 물질로 또는 다른 형태의 에너지로 분화된 것이야. 그리고 창공은 우주 공간이 되었지(1장 6~8절)…"

에너지를 둘로 나누고 그사이에 창공이 있었다. 창공은 우리가 늘 생각하던 지구의 대기가 아니라 우주 공간이다. 창공 위에 있던 에너지가 창공을 유지하는 에너지이다. 그리고 창공 아래의 에너지는 지구와 별을 만들었다. 이게 제이슨의 설명을 내가 이해하는 내용으로 얼른 머릿속으로 다시 정리한 것이다.

"여기까지가 우주의 생성이야. 조금 어렵게 들렸을지 모르지만 잘 생각하면 흔히 우주 생성의 원리로 빅뱅이라고 부르는 것을 쉽게 이해할 수 있을 것이야. 함께 어우러져 있었던 하늘과 땅이었는데, 에너지 컨테이너라고 할 수 있는 태초의 물이 폭발하면서 우주가 생긴 것이야. 에너지가 분화되면서 퍼져 나간 것으로 이해하면 돼. 그리고 분화된 에너지들이 물질화해서 별들이 만들어지고 자리를 잡으면서 우주가 형성된 것이야."

제이슨은 내가 밤새도록 깨달은 것 그 이상을 이미 알고 있었다. 그리고 우주 창조에서 지구와 태양계 그리고 은하계 창조 이야기를 하기 시작하였다.

"그리고 신은 창공 아래에 있는 에너지 물을 흔들어 파동을 일으켜 생명 창조라는 위대한 일을 4단계에 걸쳐 진행하시게 되지. 신은 수많은 별과 함께 아름다운 별도, 그가 역사하고 주관할 별도 만들고 싶으셨지. 에너지 중에서도 가장 아름다운 에너지 뭉치를 쏟아내 지구라는 아름다운 별이 만들어진 것이야. 태초의 지구는 물과 섞여 있었지. 신은 이 별을 너무나 아끼셔서 이 별을 다듬기 시작한 것이야. 먼저 지각 변동을 일으켜 높은 곳과 낮은 곳으로 만들어 물을 한곳으로 모이게 한 거야.”

“가장 아름다운 에너지?”

“그래! 에너지가 위아래 두 군데로 갈라지면서 에너지 덩어리는 크게 흩어지면서 밀도 있는 거대한 에너지장을 형성했지만, 이 안에 응집된 덩어리도 퍼져 있었어. 이 중에서 가장 아름다운 덩어리로 지구를 만드시고 에너지가 가장 강한 덩어리로 태양을 만드신 거야.”

“에너지가 아름답다는 의미는 무엇이지?”

제이슨은 좋은 질문이라며 잠깐 생각하는 듯하더니 답을 이내 해 주었다.

“이 해석이 어려운데, 내 생각에는 ‘음’과 ‘양’이 각각 절반씩 섞여 있는 에너지가 아닐까 생각해.”

‘음’과 ‘양’이 잘 섞인 에너지라는 해석에 나는 놀라움을 감출 수 없었다. 동양의 『주역』에서도 삼라만상의 생성과 작용원리를 음양의 원리로 풀고 있지 않은가?

"이미 이 물(지구 물)은 태초에 우주 에너지 물이었으나 빅뱅과 지구 창조를 위하여 에너지를 모두 토해내 에너지가 없는 물이 된 것이야. 태초에 신께서 물 위로 운행하실 때의 물(태초의 액체 에너지)과는 근원을 같이하지만, 다른 물이 된 것이지. 그래서 많은 우주학자가 물을 연구하면 우주 생성과 미세 에너지 생성에 대해 이해하기가 쉬워진다고 말하고 있지."

나는 정말 놀랐다. 제이슨이 이렇게 성경에 대한 지식부터 동양 사상까지 해박한 지식을 갖고 있으리라고는 상상하지 못했기 때문이다. 그를 늘 즐겁고 평온하고 상대를 편하게 해 주는 좋은 의사이며 친구로만 여겨 왔기 때문이다.

내가 놀라워하는 모습을 보이자 제이슨은 손을 저으며 웃으면서 이야기했다.

"나도 다 배운 것이야. 스탠퍼드 대학의 틸레르 박사와 달라이 라마에게서…"

틸레르 박사는 익히 알고 있었지만, 갑자기 달라이 라마가 튀어나오니 약간 당혹스러웠다.

"달라이 라마?"

그에 의하면 틸레르 박사는 고고학자인 아버지를 따라 티베트에서 어린 시절을 보냈다고 한다. 지금의 달라이 라마와 같이 지내기도 하였다고 한다. 어린 윌리엄 틸레르는 거기에서 한 선생을 만나 우주 만물의 섭리에 대해 들었고 나중에 그가 물리학자로 성장한 후에 우주 에너지를 연구하게 되었다고 한다.

생명체의 창조

"다시 창조론으로 돌아갈까? 신은 지구를 뭍과 물 지역으로 나누신 뒤에 식물을 창조하셨어. 여기에 음양의 원리가 적용되었지. 빛이 먼저 있었기에 광합성을 하는 녹조부터 시작하여 다양한 식물들이 생성되며 지구에 산소가 공급되었지. 이것이 신의 3단계 작업이야(11~13절)."

그래서 식물부터 지구에서 생긴 것이구나 하고 생각했다. 제이슨은 계속 설명해 나갔다.

"신은 그다음에 태양계와 은하계를 정돈하셔서 해와 달과 행성을 두셔서 지구의 자전과 공전을 통해 태양계의 안정화를 이루셨지(14~19절)…."

"그 사이에 지구는 계속 식물이 자라며 산소가 대기를 채우기 시작하였고 충분한 산소가 채워지면서 동물을 창조하시고(20~25절) 6단계로 지구의 관리자로 그와 형상이 비슷한 인간을 창조하셨지.

그리고 음과 양 에너지에 따라 남자와 여자 두 인간을 창조하신 것이야(26~31절)."

이것이 제이슨에게서 들은 설명이며 내가 성경책을 읽고 읽어 이해한 부분을 추가한 내용이다. 그런데 왜 제이슨에게 천지창조를 이렇게 이야기하느냐 했더니 인간의 순수성을 이야기하고 싶어서라고 한다.

그는 동물과 인간의 차이는 두 가지라고 했다.

하나는 외형이다. 유인원류가 있지만, 확실히 인간의 모습은 여타 동물의 전형적 모습과는 아주 다르다. 신의 형상을 가졌다. 두 번째는 인간은 어느 동물에서도 찾아볼 수 없는 '영'을 가졌다고 한다. 신은 인간을 창조하실 때 생기를 넣어 주셨기 때문이다. 그래서 성경에서는 인간이 생령, 즉 살아있는 영이라고 하였다는 것이다(창세기 2장 7절).

우리 인간은 흙과 신의 생기로 창조되어 생령이며 만물의 영장이다. 그러니까 순수하게 태어난 것이다. 그래서 우리 몸에서 나오는 모든 파동은 순수한 미세 에너지와 공명한다는 것이다. 그것은 바로 영점, 즉 우주에서 나오는 노이즈가 없는 파동 에너지와 공명할 수 있는 양성파라는 의미였다.
제이슨은 여기에 커다란 의미를 부여하였다.

"이것은 신의 매우 중요한 선물이기도 하지. 우리 인간은 신의 모습을 닮았고 신의 생기를 받았어. 그래서 기도라는 수단을 이용하여 신과 통신할 수 있는 것이야. 바로 신과의 교감 공명이지."

그렇다. 모든 생물체 중에서 신을 찾고 신에게 예배드리고 기도하는 생물체는 인간밖에 없다.

| 신과 교감 공명하는 인간 |

기도는 보이지 않는 영적 존재인 신과의 통신 수단이며 그 통신은 휴대폰과 같이 내 영의 주파수를 신에게 맞추는 동조 공명으로만 이루어진다. 모든 생명체 중에서 오직 인간만이 신의 존재를 인식하고 경배하며 통신하는 영적 능력을 가지고 있다. 왜냐하면 인간은 신의 생기를 받아 창조되었기 때문이다.

제 **6** 장

바이오
커뮤니케이션

바이오필드의 항상 역동성

결국 제이슨이 써 준 3번째 문장에 대해 이해하고 나니 새로운 앎의 희열이 나의 두뇌에서 온몸으로 파동치고 있었다.

그리고 제이슨의 4번째 문장은 항상 역동성이라는 개념을 이해했기에 저절로 이해되는 것 같았다.

다음 날 나는 마치 충분히 시험공부를 하고 수험장에 들어가는 학생처럼 제이슨을 만나러 갔다. 그리고 내가 깨달은 창조의 원리와 인간의 순수성 그래서 바이오필드는 맑고 깨끗한 미세 에너지 장이라는 것을 이야기했다.

제이슨은 매우 기뻐하고 내가 많은 것을 이해했다며 듣기 좋은 단어만 골라 칭찬을 아끼지 않았다. 그리고 나는 꼭 물어보고 싶은 것이 있다고 말하고 난 뒤 조심스럽게 제이슨에게 물어보았다.

"현대의학의 역사가 200년이 되어가는데 왜 지금에서야 파동 치유 이야기가 나오는 거지?"

제이슨은 방긋 웃으면서 그가 적어 준 4번째 문장에 관해 이야기를 시작했다. 나는 이미 이해했지만, 그래도 제이슨의 이야기를 들어 주는 것이 옳다고 생각했다.

"바이오필드가 항상 역동적으로 작용한다는 것은 그리 설명이 쉽지 않아. 매우 깊은 이론을 요구하지."

그의 대답은 정말 의외였다. 나의 질문은 왜 최근에야 비로소 바이오필드가 의학적 테마로 대두되느냐는 이야기였다. 그리고 항상 역동성에 대해서는 나도 알 만큼 알고 내 몸으로도 직접 체험했는데 하며 약간 어깨를 들썩거렸다.

"바이오필드의 전기적 에너지는 아주 작아. 5~6m 떨어져서 손바닥으로 전구의 열을 느끼는 정도밖에 안 되거든. 100만 분의 1와트(W) 밖에 안 되는 작은 에너지 때문에 무시되고 간과하여 왔던 것이야. 최소한 바이오필드의 100만 배나 되는 전기에너지여야 인체 내외의 전자장에 영향을 끼칠 수 있다고 주장되어 왔기 때문이야. 전통적 물리학으로 보면 맞는 이야기지. 그래서 바이오필드의 실체는 오래전부터, 아마 히포크라테스 때부터 인정되어 왔지만, 감히 사용하려고 상상도 하지 않았거든. 그런데 신념 있는 학자들이 인체에 유익하게 사용할 수 있다고 믿고 오랜 기간 준비하여 실현을 시킨 거야."

신경정신과 동료가 바이오필드의 에너지 크기에 대해 이야기해 준 것과 동일한 설명이었다. 어쨌든 내 질문에 대한 답은 분명히 나왔으나 제이슨이 도대체 무슨 이야기를 하려고 하는지 감을 잡을 수가 없었다. 또 이렇게 바이오필드 기기를 쉽게 사용할 수 있는데, 그래도 너무 늦게 의학적으로 이용하게 되었다는 생각을 지울 수가 없었다.

제이슨은 이어서 다음과 같이 이야기하였다.

"더 심오한 것은 이 작은 에너지 속에 수많은 바이오코드가 담겨 있다는 것이지. 현재로서는 그 바이오코드의 일부를 분석하여 교감 공명기를 만들었지만, 그것은 극히 일부에 불과해. 의학이 가야 할 길은 정말 아직도 먼 것 같아."

정말 그렇게 작다는 에너지가 어떻게 인체 내에서 정보 전달을 하고 의사소통을 시키는 걸까 하는 의문과 밤새도록 공부한 게 반도 채 되지 않았구나 하며 시험지를 받아 보고 고개를 떨구는 학생의 처지가 되어 버렸다.

제이슨의 설명은 이러했다.

우리는 매우 불안정한 상태여서 약간의 자극, 예를 들어 우리 동양인들이 사용하는 침 한 방이 죽어가는 사람도 살릴 수 있다는 것이다. 그리고 매우 작은 자극, 예를 들어 10이라는 양의 자극이지만, 스트레스가 10개가 있다면 이 자극의 총량은 10×10=100이 아니라는 것이다. 그 양은 1,000도 될 수 있고 10,000도 될 수 있다고 한다. 그 반대로 15와 같은 작은 총량이 될 수 있다고도 했다. 비선형 역동 메커니즘을 설명하는 것이다.

"침을 놓는 경우 그 반응의 물리학적 에너지는 얼마가 되겠어? 아주 미미한 에너지 흐름은 변화시키지. 그런데 결과는 경우에 따라 죽는 사람도 살린다는 게 동양의학의 진수라고 자랑하고 있잖아. 전통적인 물리학 에너지를 생각하면 답이 없어."

"한두 가지 큰 스트레스보다는 총량은 작지만 10가지 스트레스를 받는 사람이 더 악화되지. 이 경우도 마찬가지야. 이해가 안 되잖아. 반대로 심장을 생각해 봐. 심장은 대부분의 스트레스에 반응하는 곳이잖아. 그런데 심장은 외부 자극에 대한 적응의 다양성에 의해 스트레스에 비교적 강한 장기이기 때문에 항상성 유지에 핵심적 기능을 하는 거야."

제이슨의 말은 임상적으로 다 맞는 말이다. 그런데 나는 왜 그럴까 하는 의문은 별로 들지 않았었다. 그냥 습관적으로 임상하고 진료해 왔다. 대부분의 의사가 그러하듯이 말이다.

제이슨은 계속 말을 이어 갔다.

"생체전자기 실험을 통해 놀라운 사실이 확인되었어. 주변에 의해 소멸되어 버릴 정도로 작은 물리적 노이즈보다 더 적은 에너지 양을 가지고 있는 인체 전자장이 생물학적 작용을 유발할 수 있다는 것이야."

"이것이 가능하게 하려면 단순히 물리적인 에너지만 갖고는 설명이 불가능해. 에너지가 아닌 정보로 작용해야만 가능한 것이지. 아이러니하게도 이것이 바이오코드의 존재를 반증하고 있는 것이야."

"즉, 양자생물학자들은 전문용어로 전자기적 생체정보라고 하는데, 바이오코드로 이해해도 큰 무리는 없지만 조금 달라. 바이오 커뮤니케이션이란 바이오코드를 풀어서 거기에 담긴 정보를 세포 간에 소통시키는 것으로 이해하면 되고."

"그러면 DNA와는 어떻게 관계가 되지?"

"바이오코드는 DNA를 규정하는 암호와 같은 것이야. 분명한 것은 이렇게 특이한 반응은 우리가 학교에서 배우는 일반적 물리학이나 생물학으로는 설명이 불가능하다는 것이야. 그리고 당신의 선조들은 이 사실을 이미 알고 경락 이론을 발전 시켜 온 것이야. 경락에 자극을 주어 인체 내부 파동을 이용하여 닫혀 있는 바이오코드를 풀어내서 바이오 커뮤니케이션을 원활하게 유도한다는 거지. 그리고 여기에 근거한 임상이 바로 침술이라고 나는 이해하고 있어."

인체 경락도

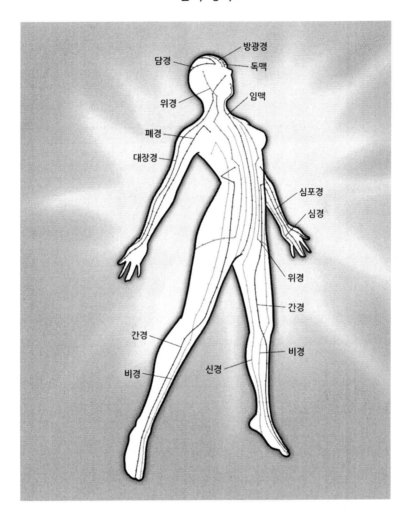

임맥과 독맥 그리고 12개 정경으로 이루어진 14경맥은 361개의 혈(단혈 52개, 쌍혈 309개)을 음과 양으로 연결하는 에너지의 흐름의 통로로 분석되기도 한다.

그리고 나도 모르게 혼자 중얼거렸다.

"나도 도인에게 침을 맞은 적이 있었는데."

그리고 순간적으로 한 사람이 떠올랐다. 그분은 강 원장이다. 그분의 말씀이 다시 뇌리를 스친다.

"양의와 우리 동양의학은 본시 같은 거지요. 차이가 있어 보이는 것은 에너지 변화를 양의는 생화학적 변화에서 보는 것이고 우리 한의는 각 장기의 의사소통체계 변화에서 보는 것이랍니다."

당시에는 알 듯 말 듯 했던 이야기가 이제는 너무 깨끗하고 분명하게 정리가 된다.

이런 생각에 밝아지는 내 얼굴을 보며 제이슨은 내가 충분히 이해하고 있다고 생각했는지 환히 웃는다.

"컴퓨터에 바이러스가 끼게 되면 내부 정보 시스템이 단절되거나 혼선을 빚게 되지. 이와 마찬가지로 인체에 노이즈가 끼게 되면 인체 내의 정보통신이 교란되는 것과 마찬가지야. 노이즈란 물리학 용어가 인체에 사용되듯이 바이러스라는 생물학적 용어가 컴퓨터에 사용되고 있는 게 현대과학의 흐름이야."

"그러나 엄밀하게 이야기하면 모든 물체나 물질은 파동이라는 극소 에너지들이 모인 집합체이기 때문에 물리학과 생불학 그리고 화학은 동일한 것에 대한 다양한 표현의 방법일 뿐이야."

바이오 커뮤니케이션 1

나는 정말 다 이해한 것 같은 느낌이 들었다. 이렇게 해서 '바이오 필드가 작용하는 것이구나.'라고 이해하니 머리가 맑아지는 것 같다.

신대륙을 발견한 것 마냥, 새로운 사실을 발견한 것처럼 기뻤다. 학창 시절 어려운 수학 문제의 해를 구한 것과 같은 희열이 내 몸을 감싼다. 새로운 것을 안다는 것도 스트레스에 도움이 되나 보다. 머리가 맑아지고 몸이 날아갈 것 같다. 공부를 열심히 하고 수험장에 들어갈 때 긴장도 없고 마음이 편하다는 차원을 넘어서 자신감과 함께 온몸에 힘이 넘치는 것과 같다고 할까.

그러나 이러한 자만심도 잠깐이었다. 나는 신대륙이 그렇게 넓은 줄은 모르고 있었다.

"그런데 바이오필드에 있어서 매우 중요한 개념이 하나 있어. 바로 통합성(coherence)이라는 것이야. 세포와 세포가 바이오코드에서 나오는 정보를 주고받으려면 응집력 또는 상호 간섭하여 통합적으로 움직이려는 힘이 필요해. 이것이 있어야 상호 통신이 가능한 것이지. 바로 바이오 커뮤니케이션을 말하는 거야. 조금 어려운 개념이니까 예를 들어서 설명할게."

이건 또 무슨 소리인가. 산 넘어 산이구먼. 또 다른 설명이 필요한 거야? 나는 거의 다 이해했는데 말이야. 도대체 어디가 끝이야.

응집력이라고? 어렵고 중요한 개념이라….

"새들이 날아가는 모습을 생각해 봐. 누가 지휘하지는 않지만 정렬한 채로 서로 간에 최소 거리를 유지하면서 날아가지. 어떻게 자기들끼리 최소 거리를 유지하는 것일까. 독수리 한 마리가 새 떼 속에 들어왔다고 가정해 봐. 흩어졌다가 다시 뭉치며 다시 최소 거리를 유지하면서 비행하거든. 인체도 마찬가지야. 각각의 새를 세포로 비유하면 돼. 새들은 다른 새들과의 반응에 따라 자신의 비행 채널을 바꾸지."

"이처럼 세포도 주변의 세포에서 발산되는 정보 에너지에 반응해. 한 개의 세포에서 나오는 정보 에너지는 주변 전자파에 의해 상쇄될 수 있어. 하지만 100조 개의 세포에서 나오는 통합정보는 커다란 힘을 가져. 예를 들면, 비록 총량은 작아도 스트레스 10개가 총량이 큰 한두 개의 스트레스보다 크게 작용하는 것과 마찬가지야. 이렇게 상호작용에 의해 정보를 만들어 내는 것을 '응집' 또는 '간섭'이라고 하는 거야."

"세포들은 이러한 간섭적인 의사소통을 통해 신진대사 과정을 서로가 조율하게 되는 거야. 예를 들어, 옆집 세포에 바이러스가 침투하면 이에 반응해서 백혈구를 불러오게 되고 그 옆의 세포는 그 정보를 알고 자기도 대응 준비에 들어가는 것처럼 말이야."

제이슨의 설명은 계속되었다.

"독수리가 끼어들면 순간적으로 새 떼들이 흩어지게 되는 이유는 새들 간의 상호 작용하는 반응, 즉 간섭력이 없어지게 돼. 인체도 마찬가지야. 속상한 일 같은 노이즈가 끼게 되면 세포 간의 간섭력이 약해지는 거야. 그러면서 서로 주고받는 정보가 두절되는 거야."

"새 떼의 무리가 크다면 부분적으로 새들이 흩어지지만, 나머지 무리는 가급적 최단 거리를 유지하려고 해. 인체도 마찬가지야. 그리고 독수리(노이즈)에 대항해 간섭 관성과 자체 복원력에 의해 다시 간섭력을 갖는 과정을 밟게 되어 독수리를 둘러싼 채 최단 거리를 유지하거나 아니면 독수리를 피해 항공 채널을 바꾸게 되지."

"그러나 계속 독수리가 끼어들면 간섭 관성이 유지되지 못해. 그래서 노이즈가 누적되거나 계속되면 간섭력이 없어지는 시간이 길어지게 되는 거야. 그러면서 세포 간 의사소통이 점점 어려워지고. 그러다 보면 복원력은 존재하는데, 정보 소통이 안 되다 보니 엉뚱한 신체 변화를 일으키는 거야. 암세포가 그 예라고 할 수 있지."

"노이즈가 계속 누적되면 복원력도 상실해. 이것을 양자의학자들은 S/N 비율, 즉 정상적인 양성파 대 노이즈 비율을 지표로 사용해. 이것이 1보다 작아지면 두절 상태가 길어진다고 하는 거야. 사망이란 이 지표가 0이 되는 것을 의미하지."

바이오 커뮤니케이션

바이오필드는 각 세포의 바이오코드의 정보를 담은 생체파동의 뭉치인 통합 공명기 역할을 수행한다. 각 파동이 교감 공명을 통하여 생체정보를 상호 간에 주고받으면서 인체의 항상성 유지와 같은 생명작용이 작동되는 것이다. 만일 혼돈 물질의 외부 유입 또는 내부 발생 등으로 혼돈파가 발생하는 것은 일정 대형으로 날아가는 새 떼에 독수리가 뛰어드는 것과 유사하다. 그렇게 되면 새 떼가 흩어지듯이 생체공명기는 부서지고 만다. 그 결과로 생체정보통신은 두절 또는 단절되어 버리는 것이다.

바이오 커뮤니케이션 2

그렇다. 중요한 것은 생체 의사소통, 영어로 바이오커뮤니케이션이다. 세포들은 또 그 이하 단계의 분자, 전자, 양성자, 중성자들은 상호 간 간섭작용에 의해 생체정보를 교환하는 것이다.

이 정보는 코드로 짜여 있는데 이 바이오코드를 풀어 정보가 교환되는 것이다. 그리고 노이즈가 끼게 되면 이 간섭작용이 깨지게 되고 그러면 의사소통이 두절되고 바이오코드도 닫히게 된다. 그러나 인체의 생명력은 복원력을 발휘하고 간섭력을 회복시켜서 정상적인 의사소통을 하려고 한다. 이것이 역동적 항상성 시스템이다. 이 시스템의 원천은 생명 과정이고 이것을 알려면 바이오코드를 이해해야 한다.

노이즈가 강해지거나 누적되면 간섭력은 약화되고 방향성이 없는 생명력은 복원을 하려고 한다. 결국 주요한 바이오필드는 풀리지 않아 교환되는 정보의 양이 적거나 잘못 교환되면서 인체는 비정상적으로 원래와 다르게 복원하게 되어서 엉뚱한 결과가 나타나는 것이다.

내가 암에 걸렸을 때 도인이 알쏭달쏭하게 이야기하던 것이 머리를 스쳐 가며 '그렇구나.' 하는 생각을 들게 한다.

여기까지 이해한 나는 내가 배우고 임상한 것을 떠올렸다. 그리고 매우 중요한 환자에 최선을 다하여 진료 처방을 내렸는데 왜 악화가 되었는지 하는 의문이 조금씩 풀리기 시작했다. 나는 지나치게 환부에 대한 처방에 매달렸다. 그 환부와 작용하는 다른 기관과의 상호작용, 즉 바이오 커뮤니케이션을 고려하지 않았던 것이다. 더 중요한 것은 사람마다 DNA가 다르듯이 사람마다 다른 바이오코드가 있다는 것을 간과했다는 점이다.

도인에 이어 그의 수제자인 강 원장이 다시 떠오른다.

"우리 동양의학은 인체를 우주라고 이해합니다. 작은 소우주지만 우주의 창조와 작동 원리를 다 갖고 있지요. 심장과 신장은 간에 긍정적으로 연결되어 상호 작용을 합니다. 이것이 이전에 소개해 드렸던 음양오행론이고요. 이에 따라 사람마다 체질이 다르지요. 그렇게 해서 그 사함에 맞는 생화학적 변화의 근본적인 원인을 조정하는 게 동양의학이라고 이해하면 됩니다."

나는 이상하게도 침울해졌다. 나름대로는 열심히 공부도 했고 최선을 다해 진료를 했다. 그리고 주위의 칭찬도 있었고 스스로 자부심도 있었다. 그러나 나는 반쪽만 아는 사람이었다.

바이오필드의 채널링

나의 침울함은 곧 끝나고 말았다. 지금이라도 이러한 사실을 알고 있다는 게 기쁨으로 돌아왔다. 새로운 앎은 엔도르핀을 솟게 한다. 그러나 이 엔도르핀도 곧 멈추고 말았다.

제이슨은 마치 나를 수제자로 삼으려고 하는지 논문 한 편을 들고 왔는데 그 분량은 매우 짧으나 무척 어려워 보여 해석하기에 머리가 좀 아플 것 같았다. 그것도 어려운 영어로 쓰인 책이라서 더 그랬다.

"시간 있을 때 읽어 보게나! 임상의로서 이러한 내용까지는 알 필요는 없지만, 알아 두면 좋지."

나는 그 짧은 논문을 읽어 보았다. 정말 어려웠다. 나름대로 옥스퍼드 대사전을 찾아가며 해석하여 다음과 같이 정리해 보니 그런대로 무슨 내용인지 감은 잡을 수 있었다. 바이오필드의 주파수 채널링에 대한 설명이었다.

"인체의 각 구성 요소, 즉 세포부터 전자, 중성자 그리고 그 이하 단계까지 모든 물질은 각각의 파동 공명체이다. 그러나 그 단계와 성격에 따라 각각 다른 주파수를 발산한다. 예를 들어 세포 단위는 긴 파장을, 그리고 작은 미세소관은 짧은 주파수를 발산한다."

"이 다른 주파수는 서로 섞이지 않는다. 하지만 생명작용에서는 서로 연결되어 있다. 왜냐하면 각각의 파동이 섞이지 않고 독립적으로 움직인다고 하여도 세포 내에서 세포 고유의 통합 작용에 의해 상호 연결된다는 것이다. 이 점이 매우 중요하다. 이것이 교감 공명의 신비로운 인체 작용을 이해하는 열쇠이기 때문이다."

"체내에는 세포들의 구성 요소들에서부터 수백만 개의 세포로 구성된 전체 생명체 시스템에 이르기까지 수많은 전자기파 공명기가 존재한다. 이것은 미세한 단백질에서 전체 생명체까지의 계층적 구조물(hierarchical structure)이다. 이들 구조물 각각은 전자기파 스펙트럼의 서로 다른 파장 영역에 따라 반응한다. 큰 구조물들은 보다 긴 파장에 따라 반응한다." 〈표 참조〉

|생물학적 구조물과 이에 해당하는 공명 파장|

전자기파	자외선	가시광선	적외선	초단파	무선전파
파장(m)	10-8 to 4×10-7	4×10-7 to 7×10-7	7×10-7 to 10-3	10-3 to 10-1	10-1 to 106
공명구조		DNA 미세관 세포막	세포막	세포직경	신경계 활동 전위 뇌파

"교감 공명은 여러 파장 대역에서 생물학적 조직의 생명 과정을 간여하기에 특정 파장보다는 몇 개 파장 영역들과 상호작용을 한다."

그 책의 결론은 다음과 같았다.

"생명 과정은 오케스트라와 같다."

이 책을 통하여 지식보다는 새로운 관점이 생기기 시작했다. 아마 이러한 것 때문에 제이슨이 이 책을 권유했으리라 생각하였다.

며칠 지나 제이슨과 나는 토마스라는 다른 의사와 함께 캔버라에서 열리는 의학 세미나장으로 갔다. 토마스는 내분비학 전문의이다. 토마스는 매우 긴장과 기대를 많이 하는 모습이었다.

나는 거기서 많은 호주 의사들을 만나 볼 수 있었고 그들의 임상 사례뿐만 아니라 새로운 이론에 대한 적극적인 비평과 긍정적 시각들을 관찰할 수 있었다. 토마스가 긴장하기 시작하였다. 드디어 챠플라 박사가 등장하였다. 토마스는 점점 그에게 눈의 초점을 모으기 시작했다. 같은 내분비학 박사로서 내분비에 대한 새로운 지식에 대한 갈망이 그의 눈에 서려 있었다.

챠플라 박사에 대해서는 이미 제이슨으로부터 많은 이야기를 들었기에 친밀하게 느껴졌다.

"우리 몸은 100조 개의 세포로 구성되어 있으며 이 세포들이 공명기 기능을 하여 상호 조화를 이룹니다. 이러한 오케스트라 작용은 지적에너지장과 물질장의 동시화에 의해 일어납니다."

이렇게 시작하는 그의 강연은 나를 그의 강연에 몰입하게 만들었다. 제이슨이 권한 책의 결론인 "생명작용은 오케스트라이다."가 갑자기 떠올랐다. 나도 모르게 고개를 끄덕이고 있었다. 그런데 이것이 끝이 아니었다. 강연의 마지막 부분은 나에게 충격을 주기에 충분하였다.

"여러분의 의술이 전부라고 생각하지 마시기 바랍니다. 우리의 현대의학은 신이 창조한 인간에 대해 아직 100만 분의 1도 파헤치지 못한 상태에서 행하는 단순한 원시적 의술이라고 생각하시면 됩니다. 이제 겨우 DNA 서열 구조를 파악한 정도입니다…. 바이오필드에 대한 연구는 아직 초기 단계에 불과합니다. 인간은 언젠가는 신이 주신 지혜로 바이오코드를 완전히 풀 수 있을지도 모릅니다. 그렇게 되면 인류의 병도 없어지고 어쩌면 신이 행한 대로 창조의 시대로 갈지도 모릅니다."

그의 강연은 매우 충격적이고 놀라운 것이었다. 만일 내가 제이슨과의 만남 없이 그의 강연을 들었다면 아예 놀라지 않든가 아니면 비아냥거리든가 또는 완전히 기절했을 것이다. 토마스는 매우 진지하였고 그의 몸에서 희열의 파동이 넘쳐 옆에서도 공명할 수 있었다.

우리는 다음 날 시드니로 돌아오는 차 안에서 이것저것 이야기를 나누었다. 그러면서 바빠서 실험 보고서를 기한 내에 마무리할 수가 없어 걱정이라는 둥, 우리 아이가 다른 애들과 잘 어울리는 것 같지 않다는 둥, 미국에 계신 부모님은 어떠한지 등 여러 근심거리를 이야기하였다. 평소 비교적 말이 없던 토마스가 갑자기 나직하게 마치 성직자처럼 말했다.

"걱정한다는 것은 원하지 않는 것을 위해 기도하는 것이야."

그의 말에 제이슨과 나는 약간 띵 하는 느낌이 들었다. 제이슨은 토마스를 툭 치며 챠플라 박사의 말을 인용하여 응대하면서 너는 역시 챠플라 박사 팬이야 하며 웃었다.

"감정은 깨달음을 표현하는 삶의 기초적인 재료다."

시드니로 돌아온 이후 나는 얼마 남지 않은 호주 생활을 즐기고 싶었다. 가족과 같이 며칠 동안 여행을 하니 머리가 맑아지고 행복감이 밀려왔다. 얼마 후 한국으로 돌아가는 것이 싫다는 느낌이 들었다.

하지만 이번 호주 체류 기간 중 몸도 많이 좋아지고 또 새로운 학문에 눈도 뜨고 하여 한국에 돌아가면 도인도 만나 호주에서 얻고 배운 일들을 이야기할 생각을 했더니 한편으로는 즐겁기도 하였다.

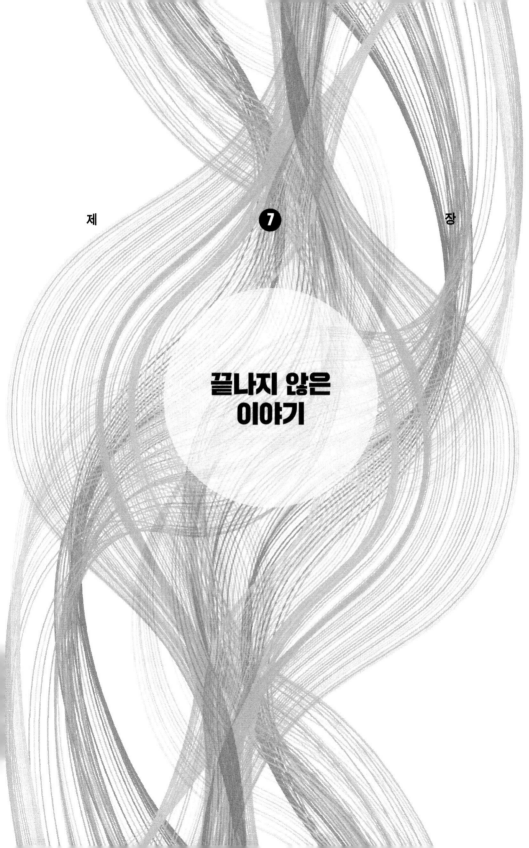

제 **7** 장

끝나지 않은
이야기

호주에서의 연수 기간은 새로운 앎에 대한 연속이었다. 아니, 그것은 새로운 것이 아니라 늘 누구나 경험하는 것들이지만 인지를 하느냐, 못하느냐의 성격들이었다.

내가 관찰한 호주의 의사들은 새로운 지식과 임상에 매우 개방적이었다. 그들이 진실된 의술의 나머지 반쪽을 찾아 노력하는 모습은 나에게 많은 교훈을 주었다.

그리고 더 기쁜 것은 평온하고 자연적 생활을 많이 해서 그런지 와이프의 평소 신경질도 많이 줄었고 밥도 잘 먹고 한다는 것이었다. 더욱더 기쁜 일은 와이프가 아이를 가졌다는 사실이었다.

그동안 오랫동안 아이가 없어서 속으로 고민을 많이 해 왔다. 한국에 있을 때 불임 센터도 여러 번 찾았고 덕분에 나도 의사임에도 불구하고 쑥스러운 실험을 다 해 보았다. 별 진전이 없어 우리는 묵시적으로 서로 아이에 관해서 이야기하는 것을 금기로 하고 있었다. 그런데 호주의 맑은 공기 좋은 환경 속에서 지내다 보니 자연스럽게 임신을 하게 된 것이다.

떠나기 며칠 전 나는 제이슨의 방으로 찾아갔다. 그는 활짝 웃으면서 고향으로 돌아가니 좋겠다고 하며 축복하여 주었다. 그리고 지금까지 나에게 설명했던 것을 다시 정리해 주고 싶어 했다.

제이슨은 나를 다시 주의 깊게 쳐다보았다. 나는 이 친구가 무슨 말을 더 하려고 하는 것 같은데 하는 느낌을 받으면서 더 설명해도 좋다는 표정을 보였다.

"그런데 사실 바이오필드를 제대로 이해하려면 조금 더 복잡한 기술적 이해가 필요해. 또한, 이를 활용하려면 고도의 엔지니어링 차원의 접근도 중요하지. 내가 이 작은 장치에 특별히 관심을 갖는 것도 보기에는 단순하지만 많은 것을 갖고 있기 때문이야."

이건 또 무슨 소리인가. 나는 정말 많은 것을 이해했다고 생각했다. '바이오필드 채널링'도 이해했단 말이다. 그리고 조금만 더 정리하면 동료 의사나 제자들에게 양자의학의 개념 정도는 설명해 줄 자신도 있었다.

나는 챠플라 박사의 말이 마치 다음과 같이 바뀌어 들리는 것 같았다.

"실망은 무지를 표현하는 삶의 기초적 재료이다."

바이오필드 메커니즘을 이해하기 위해서는 더 많은 기술적 지식을 요구한다니…. 그리고 이 장치가 더 많은 것을 갖고 있다고 하니…. 물론 나도 착용한 뒤로 집중력이 높아짐을 느끼고 와이프도 좋다는 느낌을 계속 받고 있기는 하지만 얼마나 더 알아야 하는 거야….

제이슨은 내가 약간 질리는 모습을 보이자 자기가 자료를 좀 챙겨 줄 테니 나중에 시간이 되는 대로 읽어 보라고 하며 다른 이야기로 화제를 돌렸다.

연수 기간이 다 되어 이것저것 정리하며 제이슨의 도움을 받아 양자의학에 대한 자료를 수집했다. 대부분 내가 이해하지 못하는 것들이지만, 공부 못하는 학생이 이것저것 참고서라도 많이 사는 기분으로 복사하고 책도 빌리고 또 서점에 가서 몇 권을 사기도 하였다. 제이슨은 열심히 도와주었다. 그리고 떠나기 하루 전 우리는 시간을 같이하며 그동안의 나누었던 이야기, 즐거웠던 일들을 같이 회상하였다. 나는 제이슨에게 앎에 대한 기쁨(pleasure in knowledge)을 주어 고맙다는 말로 작별 인사를 하였다.

나는 돌아오는 비행기에서 회상에 잠겼다. 도인에게 기공체조를 배우던 일, 와이프와 반찬 하나로 싸우던 일, 그리고 반찬 하나가 나를 암에 걸려 거의 죽게 만든 것과 와이프가 속상하다고 말하다가 진짜 속이 상해버려 생긴 위궤양, 결국 둘 다 병원에 입원했던 일, 나 때문에 뚱보가 되어 버린 미스 윤, 그리고 암에 걸렸다가 겨우 살아난 일, 그리고 호주에 와서 만난 의사들의 개방성과 포용성, 특히 제이슨과의 만남과 와이프가 드디어 아기를 가졌다는 것, 내 아기 말이다….

저절로 미소가 나온다. 정말 좋은 시간이었다.

제이슨은 나에게 바이오필드에 대하여 다빈치 코드 같은 4줄의 풀이를 해 주었고 많은 설명을 해 주었다. 그리고 나는 귀국하면서 두 가지 짐이 늘었다. 하나는 자료 뭉치이고 또 하나는 내가 차고 있는 이상한 물건이다.

그래. '즐거움은 앎의 표현에 대한 삶의 기초적 재료'야. 끝까지가 보자.

교감 공명 파동은 촉매로 작용한다

나는 귀국하여 강의와 임상에 복귀하기 전에 제이슨이 챙겨준 자료들을 대충 읽어 보았다.

나는 이미 호주에서 바이오필드의 물리적 총량이 매우 작다는 것을 파악했지만, 바이오필드를 인체의 통합 전자기장으로 보았을 때 이 장치의 펜던트 정도의 크기를 고려하면 그 돌려주는 양은 정말 극미할 수밖에 없다는 데 의문점을 갖고 있었다.

비선형 역동성이 작용한다고 하여도 이렇게 작은 정보 에너지의 되먹임(feedback, 환원)으로 신체적 변화를 일으킨다는 점은 상식적으로 이해가 안 가기 때문이다.

정말 궁금했다. 그리고 의심의 기초도 되었다.

제이슨이 준 자료는 다행히도 대부분 여기에 관한 것들이었다.

이 논문들을 이해하려면 상당히 높은 수준의 물리학적 지식을 요구할 것 같았다.

결국 고교 동창인 한국대 수학과 차 교수의 도움을 받아 이해할 수 있게 되었다. 그는 수학뿐만 아니라 물리학, 생물학, 화학 그리고 심지어 인문학에도 상당한 학문적 조예를 가진 보기 드문 학자로 정평이 나 있는 인물이다. 하기야 이 친구는 오늘날 수학능력검사에 해당하는 대학입학 예비고사에서 전국 1등도 했었다.

"음…. 자네 말대로 어떤 장치에 의해 바이오필드로 되먹임되는 작은 파동이 인체 내에서 촉매로 작용한다면 일반 물리학으로 설명이 어려운 다양한 결과에 대해서도 수학적으로 설명이 가능해."

수학적으로 설명이 가능하다? 수학은 인류가 만들어낸 최고의 논리학인데, 이것이 논리적으로 설명이 가능하다는 말에 나는 약간 갸우뚱했다.

그는 내가 가지고 있던 자료들을 뒤적이며 훑어보더니 "여기 설명이 되어 있네." 하며 새 떼 이론을 찾아 쉽게 해석해 주기 시작했다.

"바이오필드에 노이즈가 들어온다는 것은 마치 일정한 간격과 유형으로 날아가는 새 떼 속에 독수리가 들어오는 것을 생각해 보면 돼. 새 떼들은 자신을 보호하려고 흩어지게 되겠지. 즉, 서로 간의 협력 규칙이 깨지며 비행 대열이 규칙성을 잃어버리는 분절 상태가 되는 거야."

"빛이 입자이자 파동이라는 주장과 같이, 우리 몸의 바이오필드도 수많은 파동 입자로 구성되어 상호 교호작용을 하며 유지하는 생물체라고 한다면, 노이즈 파동으로 세포 간 정보통신도 두절되는 분절 현상이 일어나게 되겠지."

"이 분절은 자율복원력에 의해 다시 교호 상태로 전환되는 것이 일반적이지만, 노이즈가 누적되거나 큰 노이즈가 발생하면 통신이 잘 되지 않는 분절 시간이 길어지게 되어 생명작용에 이상 현상이 발현된다는 이야기인데, 우선 이러한 설명이 논리적으로 수용돼."

여기까지는 제이슨을 통해 이미 알고 있는 바이오 커뮤니케이션이 두절되거나 교란됨에 대한 설명이었다. 그다음 내용을 유심히 보던 차 교수는 매우 흥미롭다며 어려워 보이는 원문을 내 수준에 맞추어 계속 해석해 나갔다.

"바이오필드가 분절된 상태에 있을 때 공명기를 활용하여 양성 파동을 집적 환원시켜 주면 인체의 역동적 항상성 원리가 촉매 기능으로 작용한다는 것이야. 그러면 바이오필드가 원래의 채널링 상태로 돌아가게 된다는 이론이네."

"상당히 심오하고 멋진 이야기야. 그래서 극미량이지만 인체의 균형, 즉 의사소통의 복구에 지대한 영향을 미친다는 것이야. 촉매로 작용하는 이론적 토대는 바이오필드가 정보 에너지라는 것이고…"

| 바이오필드의 채널링 |

바이오필드는 인체 내부의 바이오코드에서 발현되는 파동뿐만 아니라 외부의 모든 물질에서 나오는 다양한 파동과 반응한다. 그래서 우리는 순공명(順共鳴)이 일어나는 좋은 사람을 만나면 편한 사람, 좋은 환경, 맘에 드는 색상을 찾게 된다. 불편한 사람과 시끄럽고 불결한 곳에 오래 있다 보면 우리 바이오필드는 역공명(逆共鳴)을 하게 되어 스트레스로 작용하여 소화불량으로 시작해서 암까지 여러 질병에 걸리기 쉽다.

"정보 에너지?"

그것은 내 신경정신과 동료 교수가 전기 인간 이야기로 시작하여 바이오필드에 대해 상세하게 설명해 주면서 바이오필드는 인체 정보를 담고 있는 에너지 운운했던 기억이 되살아났다. 그런데 그때는 인체 정보 에너지를 단지 인체 상태를 설명하고 전달하는 정도로만 이해했는데, 이것은 또 다른 차원인 것 같았다.

"응. 흥미로워. 이 연구의 특징은 정보를 상대적 에너지로 해석하고 전환하는 시도를 했다는 것이야. 동일한 정보라고 하더라도 사람마다 반응이 다르고, 또 출처와 사용처 그리고 전달과 사용 방식에 따라 그 에너지 크기가 달라진다는 것인데… 이것 참 놀라운 발견, 아니, 발상인데…"

나는 언뜻 이해가 가지 않아 되물었다.

"무슨 말이야? 쉽게 설명해 봐."

"응. 가령 기차 시간표가 있다고 생각해 봐. 이것은 하나의 정보이지. 주말에 기차 여행을 하려는 사람과 그냥 집에서 보내려는 자에게 이 정보는 다르게 작용하겠지."

"집에서 주말을 보내려는 사람에게는 기차 시간표가 있고 여행하려는 사람에게는 없다고 생각해 보면, 이 기차 시간표의 가치, 즉 에너지가 사람마다, 수요마다 달리 작용한다는 것으로 설명하면 좀 되려나."

"또 다른 예를 보자면, 'hj0417dryoon'이라고 적힌 종이가 있어. 이것은 불과 12자가 적힌 종이 한 장에 불과하지만, 어떤 사람에게는 스위스 금고의 비밀번호로서 매우 큰 정보가 되겠지. 이러한 정보의 차이를 에너지로 접근했다는 점이 특색이야."

이 말을 들으며 내가 입원했을 때 비타민 한 알 먹고 벌떡 일어났던 일이 생각나서, 비타민 한 알의 작용이 필요한 사람에게 역동적으로 작용하여 그렇게 크게 작용한 것도 그런 것이 아닐까 생각했다. 또, 우리말에도 '촌철살인', 즉 말 한마디로 사람을 죽인다는 것과 "말 한마디로 천 냥 빚을 갚는다."라는 이야기도 생각이 났다.

나는 그의 해석과 보충 설명에 근거하고 오래전 도인의 설명에 근거하여 엉성하게나마 정보 에너지를 다시 정리해 보았다.

"바이오필드는 인체의 정보를 지닌 에너지이기에 동일한 인체 정보를 가진 파동에 매우 민첩하고 강하게 작용, 즉 공명한다는 것이다. 즉, 교감 공명으로 되돌려 주는 파동력은 극히 미미하지만, 동일한 바이오코드를 가진 파동이기에 바이오필드의 다양한 채널과 교감 공명하여 촉매적으로 각 주파수 채널이 제 자리로 복귀하게 해 준다."

나도 이쯤 되면 양자의학 전문가라는 생각이 들었다. 그리고 제이슨과 오 박사가 왜 이 작은 장치에 지대한 관심을 갖고 있었는지 이해되었다.

미스 윤과 와이프

병원에 출근하였다. 원장님을 비롯하여 모두 다 내 얼굴이 좋아졌다고 난리이다.

"호주 물이 좋긴 좋은 모양이야. 무척 건강해졌어."

칭찬에 무척 기분이 좋았다. 엔도르핀도 솟는 것 같다. 그리고 모든 것이 새롭게 느껴지기 시작하였다. 과거의 병원 생활은 단순히 생활을 위한 의무적인 시간이었다고 부정하기는 어렵다. 그러나 지금은 환자도 가족처럼 보이고 사랑스러워진다.

미스 윤은 그동안 다른 병동에 배치받아 일하고 있었다. 미스 윤도 급성 당뇨로 한동안 휴직했다고 한다. 나는 속으로 '모두 다 내 탓이지.' 하고 조그만 별 모양도 없는 목걸이 선물을 하나 전해 주었다. 좋아하는 미스 윤을 보고 더 미안한 마음이 들면서 미스 윤에게 도움이 되기를 기원하였다.

그 후에도 복도에서 마주칠 때마다 사죄하는 마음으로 미스 윤에게 큰 소리로 안부도 묻고 하였다. 미스 윤은 나의 변화에 의아해했지만, 그래도 표정은 밝아 보였다. 나의 좋은 파동이 미스 윤에게 도움이 되기를 바랐다.

그리고 얼마 후 미스 윤은 업무로 내 진료실에 잠깐 들렀는데 살도 빠지고 예전의 모습이어서 순간적으로 옛날 같이 근무하던 시절로 착각이 들어 "차트 올렸어?" 하고 물어볼 뻔했다. 미스 윤은 최근 살이 빠지고 당뇨도 많이 좋아지고 있다고 하고 활짝 웃고 나갔다.

"오! 신이시여, 저를 용서하시나이까?"

눈을 뜨고 마음속으로 기도했다.

|동조 공명의 효과|

날씬함과 예뻐짐은 파동 공명의 산물이다. 칭찬은 사람을 아름답게 한다. 우리는 몸과 맘 그리고 영의 복합체이자 70%가 물로 구성되어 있기에 어느 생명체보다 외부 파동에 대한 반응인 공명도가 높다.

나는 틈나는 대로 호주에서 가져온 자료를 검토했다. 그리고 차 교수에게 물어보기도 하고 같은 대학의 물리학과 교수에게도 자문을 구하기도 하였다.

그리고 나에게 처음으로 바이오필드를 알려준 신경정신과 동료와도 이야기하였다. 그는 나의 새로운 지식에 경의를 표했다.

그도 이 작은 자가 공명기에 관심을 표했다. 분명히 아무런 외부 전원이 없는데 인체 파동을 동력원으로 바이오필드에 작용하고 있다는 점 때문이었다.

그는 연구하는 의사답게 곧 임상에 들어갔다. 그리고 결과를 나에게 알려 주었다. 주로 전자파에 시달리는 환자를 중심으로 실험했는데, 인체의 정상화에 도움을 준다는 것이었다. 즉, 교감 공명 작용을 통하여 외부 전자기파 스트레스에 대해 평형을 유지하도록 인체 자체의 능력을 강화해 주는 것 같다고 놀라워하였다.

또 강 원장도 만나 호주에 다녀온 이야기를 하면서 이 장치에 좋은 줄을 구해 목걸이로 만들어서 드렸다. 그는 이것을 착용하자마자 손을 가슴 부위에 대면서 한마디 하였다.

"가슴과 울립니다. 공명! 기 효과가 좋네요…"

그리고 머리에 대고서는 다음과 같이 말했다.

"머리의 열이 아래로 내려갑니다. 백혈 부분이 시원해지고 하단전이 더워지네요. 항상성 기능을 높여 면역력 증강에 도움이 되겠습니다."

강 원장은 정통 한의사이면서도 기공에도 탁월한 분이시다. 그의 기감력은 상당히 높은 것으로 정평이 나 있다. 그리고 파동 발진장치도 선물로 드렸다. 이내 주변의 에너지가 맑아짐을 느낀 강 원장은 사람들에게 항상성 향상에 도움이 되겠다고 하며 한의사 입장에서 평가하였다.

"불면에 좋겠습니다. 편안한 잠을 방해하는 순환장애 요인을 외부로 방출해서 인체 내부의 순환을 편하게 해 주겠어요."

"그리고 가위눌림으로 고생하는 분이나 빙의에도 효과가 있겠네요."

강 원장은 가위눌림이나 빙의를 외부의 사기(邪氣)가 자신의 기력, 즉 파동력을 압도하게 누르는 경우에 나타나는 현상으로 해석하였다. 기 순환이 막히거나 아니면 외부의 나쁜 기운이 강하거나 할 때 발생하는 심신 복합현상이라고 하였다.

그 말을 들으면서 어릴 적 허약하던 시기에 자주 가위눌림을 당했던 일들이 기억났다. 마치 시커먼 저승사자가 나를 손가락 하나도 꼼짝하지 못하게 하고 몸이 점차 굳어 말라비틀어지게 하는 압박감으로 한참 괴로워하다가 겨우 잠에서 깨어나곤 하였다.

강 원장이 내가 가져온 볼품없는 작은 물건들을 진지하게 평가해 주는 바람에 나는 제이슨과의 만남을 중심으로 호주 생활 이야기하면서 개인적인 이야기도 자연스럽게 말하기 시작했다. 그것도 자랑스럽고 또 자랑하고 싶어서였는지도 모른다.

|생명 잉태의 비밀|

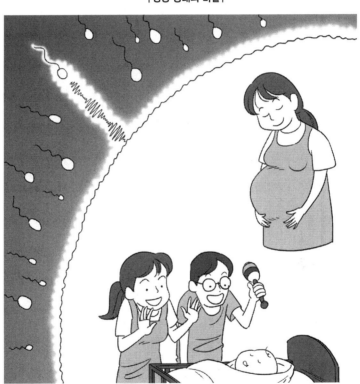

임신의 과정도 동조 공명의 현상이다. 수많은 정자 중에서 난자와 가장 공명이 잘 되는 정자가 가장 먼저 난자를 찾아와 하나가 되어 생명이 잉태되는 것이다. 난소의 파동이 약하면 정자를 부르지 못한다. 파동 공명으로 난소의 파동력을 높여 주면 이 파동과 공명하는 정자가 쉽게 찾아온다.

바로 내가 아빠가 된다는 것, 즉 와이프가 아이를 가졌다는 이야기였다. 그리고 호주의 좋은 자연환경 이야기를 덧붙여서 말했다.

강 원장은 와이프의 임신을 축하하면서 놀라운 말을 하였다.

"가능하지요. 약간의 온도 차만 줄일 수 있다면요…"

나는 의아해하며 물었다.

"무슨 말씀이신지요?"

호주와 우리나라의 기온 이야기치고는 너무 진지해서였다.

"임신은 자궁에 착상하는 과정이 제일 중요합니다. 그것이 임신의 시작이니까요. 자궁 속의 온도가 불규칙하거나 다른 장기와 온도 차가 발생하면 잘 착상이 안 됩니다. 아주 미세한 온도 차가 그렇게 만듭니다."

"속이 냉한 여자들이 착상이 잘 안 되는 편이거든요. 이론적으로는 온도 차를 아주 조금만 줄여 주면 되는데…. 한의학에서는 속을 덥히는 약을 쓰곤 합니다만, 쉽지는 않습니다."

나는 무슨 말을 계속하려나 하고 그를 물끄러미 쳐다보았다.

눈치를 챈 듯 그는 말을 이어갔다.

"아! 이 물건 말입니다. 인체 균형에 도움이 되는 것 같아요. 확실하게 말씀드리기는 어렵지만, 자궁의 온도를 일정하게 해 주지 않았나 하는 생각이 듭니다."

도인과의 재회

점차 귀국 생활이 안정되면서 도인을 찾아 나섰다. 그리고 나는 도인에게도 끈을 매달은 공명기와 파동 발진기를 선물로 드렸다.

"외국 생활 중 얻은 보물입니다."

그는 작은 것을 한 손바닥에 올려놓고 잠시 눈을 감고 숨을 깊게 쉬더니 눈을 뜨며 말했다.

"교감 공명?"

도인은 약간 놀라워하는 듯했다. 그리고 나를 물끄러미 쳐다보았다. 그리고 바로 목에 걸치니 공명기의 위치가 자연스럽게 그의 중단전에 놓인다.

"중단전을 중심으로 사기가 제거되는구먼… 호흡이 깊어지고…

아! 깊이 울림이 가네."

그리고 파동 발진기도 스위치를 켜 드렸더니, 도인은 바로 반응하셨다.

"마치 내가 수도를 위하여 좋은 곳을 심산유곡을 찾아간 것처럼 주변 에너지가 좋아지는구먼. 굳이 멀리까지 가지 않아도 되겠어."

나는 도인께서 사람은 공명기로 구성된 공명체임을 설명하시던 것을 상기하면서, 서양에서는 인체 공명체와 파동으로 동조 공명하는 장치를 과학적으로 개발하고 시험하고 있다는 사실을 나의 호주 생활에서 겪은 경험을 중심으로 말씀드렸다.

그리고 도인께서 이야기하시던 우주의 에너지를 활용하는 장치의 원시적 형태일 것 같다는 이야기도 했다. 도인은 매우 의미 깊게 내 이야기를 경청하며 부분적으로 공감을 표하기도 하셨다.

그리고 공명기의 인체 작용 효과에 대해 지금까지 나와 와이프를 포함하여 나타나는 여러 형태의 공명 반응을 관찰하며 생긴 의문에 관해 물어보았다.

"이게 우리 몸과 맘에 작용하는 것 같습니다. 그런데 왜 사람마다 반응이 다르게 나오는지 궁금합니다."

도인은 어쩌면 그런 다양한 반응은 당연한 현상일 거라며 다음과 같이 의견을 주셨다.

"사람마다 모양이 다르듯이 인체 파동의 구조도 다르고 또 파동력도 다릅니다. 당연히 사람마다 생활환경이 다르다 보니 몸과 맘에 끼어드는 혼돈파의 성격도 다르겠지요."

이 말을 들으면서 매우 당연한 설명이라는 생각이 들었다. TV 드라마를 보아도 어떤 사람은 질질 짜면서 보는데, 어떤 사람은 담담하게 본다. 그러니 사람마다 다른 것은 당연한 것이라고 정리되었다.

"그리고 인체 내부 에너지의 변화를 감지하는 기감력(氣感力)도 사람마다 차이가 크게 나기 때문이 아닐까요?"

도인은 지금까지 기공 운동을 가르치면서 관찰해 보니 기감력이 0에 가까운 사람이 10명에 1명꼴이나 된다고 하였다.

"기감력의 차이를 예를 들어 설명해 볼게요. 주검을 앞두고 기감력이 높은 사람은 자신이 언제 세상을 떠날지를 예측하고 시간에 맞추어 계획을 세우고 자손을 부른다든지, 수의를 챙기고 몸을 정갈하게 하는 등 준비를 하고 또 적정 시점에 유언도 남기지요. 하지만 기감력이 낮은 사람은 주검의 시간대를 예측하지 못하기에 평소와 같이 잠을 자다가 사망하여 어느 날 아침에 그의 주검이 발견되기도 합니다."

그렇다. 공명기가 사람마다 다르게 영향을 주는, 아니, 사람마다 공명기에 달리 반응하는 이유는 사람마다 바이오필드의 구조가 다르고 기를 감지하는 능력에 차이가 있기 때문이었음을 명확히 이해할 수 있었다.

마지막 의문을 풀었다고 생각하니 기분이 좋아 나는 그동안 제이슨에게서 들은 이야기와 지인들의 도움을 받으며 스스로 깨우친 내용을 도인에게 말씀드렸다. 이렇게 양자의학 이야기를 할 수 있는 내가 좀 자랑스럽다는 생각도 종종 하면서 차분하게 말씀을 드렸고 그분은 내 이야기를 잘 들어 주셨다.

도인은 계속 환한 웃음을 띠며 듣다가 마치 무엇인가를 갑자기 발견했다는 표정을 지으며 혼자 중얼거렸다.

"그 소년이?"

무슨 말인지 잘 몰라 그를 쳐다보았다. 그는 오래전 티베트에서 미국인 소년을 만났다고 하였다.

"윌리엄?" 나도 모르게 소리쳤다.

윌리엄 틸레르 박사는 어린 시절 티베트에 고고학 학자인 아버지를 따라 잠시 있었다고 제이슨이 이야기하던 것이 생각났다. 도인은 혼잣말을 하며 기쁨과 놀라움의 표정을 지었다.

"그 아이가 비밀을 풀었군요."

오래전 소년 달라이 라마를 지도하러 티베트에 초청을 받아서 갔던 도인은 달라이 옆에 앉아 같이 공부하던 미국인 소년을 만나게 되었다. 그 소년이 윌리엄이었다. 소년 윌리엄은 달라이처럼 영특했으며 둘은 동년배 친구로서 늘 같이 공부하고 놀면서 지냈고 그러면서 달라이 라마는 그 소년을 통해 자연스럽게 영어를 익혔다고 한다.

도인은 소년 달라이와 윌리엄의 이야기를 계속했다.

"달라이가 '사람은 왜 병에 걸리고 죽습니까?' 그리고 '왜 기쁘고 슬퍼합니까?'라고 물으면 윌리엄은 '어떻게 하면 슬프지 않고 병에 안 걸리면서 오래 살 수 있나요?' 이렇게 물어보았지요."

나는 어린 나이의 소년들이 하는 질문이라기에는 너무 심오하다는 느낌이 들었다. 도인은 윌리엄의 다른 질문을 기억하며 그의 영특함과 높은 탐구심을 칭찬하였다.

윌리엄은 인생에서 기쁨의 시간을 슬픔의 시간보다 길게 할 수는 없는지, 또 왜 사람마다 다른 느낌이 드는지 그리고 사람마다 모양과 성격이 왜 다른지와 같은 평범하기도 일상적이기도 하지만 깊은 의미를 내포한 질문을 종종 하였다고 한다.

나는 내가 만일 그런 질문을 받으면 어떻게 답해야 할까 생각하며 나 자신이 매우 왜소해지는 느낌이 들었다. 그래서 도인에게 나도 궁금하다며 여쭈어보았다. 그의 가르침은 이러했다.

"사람이 병에 걸리고 죽고 하는 것은 우주의 섭리에 어긋남에 있습니다. 신은 우리에게 천수(999년)를 누리게 창조하여 먼 옛날에는 천수를 살았습니다. 그러나 노아의 홍수 이후로 지구 환경이 변화함에 따라 인간 수명은 급격하게 줄어들고 바벨탑 사건 이후로 인체의 생명작용 능력도 낮아지면서 200세로 수명이 줄어들게 되었습니다."

"하지만 지난 3천 년간 계속된 생태 파괴와 우주 전자기 오염으로 지금은 기껏해야 120세밖에 살지 못하는 세상이 되어 가고 있습니다…"

"기쁘고 슬프고 하는 것은 모두 생명 과정의 한 현상들입니다. 웃으면 얼굴 세포가 먼저 변하며 인체의 다른 세포로 그 변화가 전달되지요. 슬픔도 마찬가지입니다. 모든 것은 연결되어 있지요. 항상 기쁨을 갖고 사시길 바랍니다…"

"사람의 몸과 마음은 음양오행에 따라 달리합니다. 사람뿐만 아니라 우주 삼라만상은 음과 양의 양극 에너지와 '목화토금수'의 5개 물질인 오행의 교합 작용으로 형성됩니다. 그게 창조의 원리이기도 하니까요. 사람에 따라 나무(목)의 음과 양이 다르고 또 그 함유 비율도 다르니 당연히 다른 사람이 되는 것입니다. 그래서 사람마다 다르기에 모양도 성격도 다르고 느낌도 달리하는 것이지요."

"사람이 병에 안 걸리고 천수를 누리고자 한다면 신의 창조 원리를 아서야 합니다. 모든 창조물은 에너지입니다. 인간도 하나의 특별한 생명 에너지체입니다. 이 에너지체가 어떻게 작용하는지 이해하면 병이 예방되고 치료되고 천수를 누리게 됩니다. 기쁨의 시간도, 슬픔의 시간도 모두 인체의 에너지 변화입니다."

어린 틸레르는 끈질겼다. 그리고 또 물어보았다고 한다.

"그러면 깊은 병은 무엇이며 쉽게 낫는 병은 무엇입니까?"

"우리 몸을 무한히 쪼개 나가면 점점 작은 에너지 입자들이 나옵니다. 이 입자들이 서로 대화를 합니다. 서로 대화하며 간섭하여 인체라는 에너지 덩어리를 구성하는 것입니다. 팔과 다리같이 커다란 에너지 덩어리보다 눈에 안 보이는 미세 에너지가 더 크게 작용합니다. 이게 신의 섭리입니다. 그래서 신의 섭리를 이해하고 우주의 에너지와 교합해 나가려면 아직도 천 년이 넘는 시간을 필요로 합니다."

나는 지금까지 인체의 신비를 파동 공명과 양자의학의 관점에서 거의 이해했다고 생각했는데, 틸레르 교수는 이미 50여 년 전에 이러한 심오한 질의응답을 도인과 했었다는 것을 생각하니 놀라지 않을 수 없었다. 도인은 어린 틸레르의 질문에 대한 가르침을 기억하며 이야기를 계속 이어 나갔다.

"병은 이 에너지를 방해하는 또 하나의 혼돈 에너지입니다. 이 혼돈 에너지가 몸의 깊은 곳에 있는 눈에 안 보일 정도의 작은 에너지를 막으면 큰 병이 되고 눈에 보이는 큰 에너지를 막으면 작은 병이 되는 것입니다."

도인은 두 소년에게 진리를 깨우치는 길도 깨우쳐 주었다고 한다.

"인간은 소우주입니다. 우주에 우리가 아직 알지 못하는 많은 것이 있듯이, 소우주인 인간에게도 많은 정보가 숨겨져 있습니다. 인간은 신이 창조할 때 우주와 교감하도록 창조되었습니다. 지구뿐만 아니라 우주의 관리자이신 신의 생기를 받았기 때문입니다. 그래서 인간만이 신과 공명하며 우주를 탐구하는 것이지요. 그래서 인간과 우주 그리고 신 모두를 알아야 진리를 깨닫습니다."

도인이 한국에 돌아온 이후에 소년도 아버지를 따라 다시 미국으로 돌아갔다고 들은 것이 윌리엄에 관한 마지막 소식이라고 한다.

하지만 도인은 그 소년의 영특함을 늘 생각하면서 그가 어디에 있든지 그에게 좋은 파동을 계속 보내왔다고 한다. 그 소년이 인류를 위하여 깨달음을 가질 수 있도록 기도하는 마음으로….

이것이 내가 도인에게서 들은 이야기이다.

소설 속의
등장인물에
관하여

이 책에 등장하는 모든 인물은 실존 인물을 배경으로 책의 구성과 목적에 맞게 각색하고 형상화하였음을 밝힌다.

소설의 주인공인 '나'는 가톨릭대학 서울성모병원 가정의학과 교수이자 대한가정의학회 15대 이사장이신 최환석 박사를 모델로 하였다. 동서양 통합적 관점에서 늘 연구하며 환자를 치료하시는 분으로서 오랜 기간 그와의 교류를 통하여 배우고 느낀 것을 내 주변 사람들과 공유하고 싶은 마음이 이 책의 출간 모티브가 되었다.

'도인'은 내가 직접 만나 뵌 적은 없으나 정신과학 사이버 공간에서 필명 수행(修行)으로 이 책의 배경 이론을 공부하게 하는 모티브를 제공하였으며 또한 저자에게 선업(善業)의 가치에 대하여 깨달음을 주신 분이다. 이분을 중심에 넣고 지금까지 교류해 온 의학자, 양의사, 한의사, 중의사, 통섭의학자, 기공인, 침술사, 체질학자 등 수많은 분의 지식과 지혜를 통합하여 저자가 가고자 하는 구도의 스승으로 형상화하였다.

강 원장은 한의학계의 원로이시며 백구한의원 원장이시기도 하다. 그를 통하여 동양의학에 눈을 뜨게 되었다. 그의 캐릭터에는 도인과 임용수 교수, 조연호 회장, 조용익 선생, 정원종 선생, 이도영 선생, 이우헌 원장, 조경복 박사 등 여러 선생님과 의학박사이자 중의사인 오병상 박사와도 중첩적으로 공유되는 인물로 묘사하였다. 조연호 회장은 조 선생의 형상으로 등장한다. 오 박사는 소설에 나오는 것처럼 시드니 의과대학의 통합의료센터 교수이자 미국의 하버드 대학교 초빙교수로서 메디컬 기공을 개발하였으며 주인공의 모델인 최환석 박사와도 학문적 교류를 하고 있다.

'나'의 제2의 스승인 호주 의사 '제이슨(Jason)'은 유럽, 남아프리카, 타이완, 중국, 호주 등에서 활동하는 자연건강 전문가로서 오래 전 미국에서 개최된 한 건강 관련 세미나에서 만났다. 의학적 학문의 깊이가 매우 높은 전문가로서 내가 궁금히 여기는 부분에 대하여 상세한 설명과 자료를 제공해 주었다. 그의 형인 에릭(Eric)은 구도자의 길을 가는 분으로서 '도인'의 형상화에도 기여하였다. 또한, 제이슨 캐릭터에는 제이슨을 통해 알게 된 영국인 활동가 자니 올슨(Johney Ohlson)과의 대화와 이메일을 통해 얻은 영감과 지식 그리고 교훈도 내재되어 있다.

그리고 텔러 교수는 스탠퍼드 대학 물리학과 교수이자 세계적 양자물리학자이신 윌리엄 틸러(William Tiller) 교수를, 챠플러 박사는 세계적 양자의학자이고 내분비과 의사이신 디팍 쵸프라(Deepak Chopra) 박사를 모델로 하였다.

등장인물의 형상화 과정에서 이분들의 명예에 조금이라도 손상이 없기를 바란다.